LA MÁSCARA DEL ZORRO™

LA MÁSCARA DEL ZORRO™

Novelización de Frank Lauria
basada en el guión de
John Eskow, Ted Elliot y Terry Rossio

Una superproducción de TriStar

Círculo de Lectores

Para Gladys George,
Eastside High, Paterson (Nueva Jersey),
una gran maestra...

I

Estaba oscuro como boca de lobo.

Los dos muchachos se acurrucaron dentro de la carreta. El menor, Alejandro, tenía un cuchillo. Cortó con sumo cuidado la lona negra que los cubría.

Oyeron voces airadas y el redoble de tambores que se acercaban.

–¡Libertad! ¡Independencia! ¡Libertad! ¡Independencia!

Alejandro practicó un pequeño corte redondo con el cuchillo, luego otro, acercó la cara a la lona y miró por las aberturas.

Se produjo una confusión de ruidos y movimiento. Los tambores retumbaban al ritmo de los cánticos, los pies zapateaban, las manos aplaudían. Por encima de todo ello, las voces coléricas de los soldados españoles gritaban órdenes:

–¡Cerrad el pico!

–¡Tú, vuelve a la fila!

–¡Retroceded! ¡Guardad la distancia!

Mientras Alejandro miraba a los soldados, que empujaban a la gente hacia atrás, su hermano mayor, Joaquín, se impacientó y le tiró del brazo.

–Venga, Alejandro –susurró–. Ahora me toca a mí. Déjame mirar.

Alejandro Murieta, que sólo tenía ocho años, dos menos que Joaquín, sabía que no debían hacer ruido. Se apartó para que su hermano atisbara por un agujero.

Los chicos estaban estupefactos. La plaza de la ciudad se encontraba abarrotada de gente, a la que las bayonetas de los soldados apenas si podían contener. Éstos, muy inferiores en número, empezaban a dar muestras de nerviosismo.

La muchedumbre que ocupaba la plaza, castigada por el sol, se componía de campesinos mejicanos, que lanzaban gritos burlones a los soldados españoles, vestidos con sus elegantes uniformes.

–¡Abajo la bandera española! –exclamó alguien.

Un campesino joven se apoderó de la raída tela que ondeaba al viento. Todo el mundo prorrumpió en vítores.

–¡Utilízala para limpiar el suelo de tu casa! –vociferó un anciano.

Otro hombre trepó al asta para atar una bandera mejicana. Un soldado intentó detenerle, pero un grupo de campesinos se apostó delante del asta. El soldado retrocedió.

Lo que había provocado la ira de la multitud se encontraba al otro lado de la plaza. En esa zona, protegida por tropas, había tres postes, y en cada uno de ellos un hombre atado, a punto de morir.

Corría el año 1821. Tras años de sangrientos combates, el pueblo mejicano había logrado derrotar a los españoles y proclamar la independencia. Además había conquistado la Alta California, aquella fabulosa franja de terreno situada en la frontera occidental de Norteamérica. Ahora, la Alta California pertenecía al vencedor, el general Santa Anna, de México.

España había reclamado la presencia de Rafael Montero, el odiado gobernador de la Alta California. Sin embargo, fiel a su temperamento, aún no había terminado su tarea. Como acto final de poder, escogió a tres hombres inocentes y ordenó que los fusilaran delante de sus familias.

El espíritu de la justicia exigía un campeón...

Alejandro y Joaquín observaron con excitación y terror cómo el pelotón de ejecución, formado por seis hombres, ocupaba su puesto.

De repente, la brillante luz del sol inundó la carreta.

–¡Eh! –gritó una voz–. ¿Qué estáis haciendo? ¿Estropeando mi carreta?

Los niños parpadearon cuando el hombre alto alzó la lona posterior. Era el señor López, el enterrador de la ciudad. En su vehículo había cuatro ataúdes recién hechos, tres para los condenados y uno para un invitado misterioso.

El enterrador apretó los delgados labios en señal de desagrado.

–¡Este carro es para trabajar, no para jugar! –les reprendió.

Joaquín asintió, avergonzado.

–Lo siento, señor López. Estábamos esperando al Zorro.

–Aquí no –replicó alarmado López–. Volved a casa, muchachos.

Con el alivio de haberse librado de un castigo, Alejandro miró al enterrador.

–¿Cree de veras que vendrá, señor López?

El pálido y enjuto enterrador miró al esperanzado niño, luego a un lado y a otro, y se llevó un dedo a los labios.

–Alguien cree que sí –susurró.

Apartó la sábana que cubría el cuarto ataúd y dejó al descubierto una Z negra grabada en la madera.

Los niños lo contemplaron boquiabiertos. Cambiaron una mirada y luego bajaron de la carreta.

–¡Joaquín! ¡Alejandro!

La voz estridente del enterrador les conminó a detenerse.

Los dos hermanos se volvieron despacio, esperando lo peor.

El señor López indicó con un movimiento de la cabeza las relucientes cajas.

–En una ocasión tallé ataúdes para vuestros padres –recordó con tristeza–. No me gustaría tener que fabricar un par para vosotros.

Los niños se estremecieron.

–Id a casa –ordenó López.

Joaquín y Alejandro se alejaron corriendo y enseguida se confundieron en la multitud.

La muchedumbre, que comenzaba a envalentonarse, arrojaba a los soldados todo cuanto encontraba a mano, frutas, piedras, incluso zapatos. El volumen de sus cánticos aumentó.

–¡Muerte a Montero! ¡Muerte a Montero!

El grito de guerra de la multitud llegó al despacho del gobernador español, Rafael Montero, quien al oír los gritos salió al balcón y contempló la plaza abarrotada. Con el rostro, moreno y atractivo, imperturbable, observó a los campesinos, que agitaban los puños en su dirección. Le odiaban, pero no le importaba. Los consideraba animales, simple ganado.

¡Chap! Algunos tomates se estrellaron cerca de él, pero Montero no se tomó la molestia de agacharse.

–Su puntería es tan lamentable como su futuro –murmuró con una sonrisa petulante.

Lo cierto era que los campesinos habían vencido, y los dominadores españoles ya preparaban las maletas. En aquel mismo momento estaban retirando del palacio todos los objetos de valor, que servirían para pagar el regreso a España de Montero.

La muchedumbre, encolerizada al ver al gobernador en el balcón, se lanzó contra la hilera de soldados. Aunque éstos iban armados hasta los dientes, los campesinos estaban dispuestos a luchar.

En la plaza, Joaquín procuraba no perder de vista a su hermano menor, que corría el peligro de ser pisoteado mientras se abrían paso entre la ruidosa masa de piernas con la intención de acercarse al pelotón de fusilamiento, para gozar de mejor vista. Se encontraban a escasos metros de distancia cuando un hombre calzado con sandalias se plantó ante ellos.

Los niños levantaron la vista y quedaron petrificados. Sobre ellos se cernía la cara redonda y seria de fray Felipe, el sacerdote de la ciudad.

–¡Volved a la misión, pillastres! –gruñó fray Felipe–. No deberíais estar aquí.

Los muchachos intercambiaron una mirada, esquivaron al cura y desaparecieron entre la multitud con una carcajada. Sabían que fray Felipe no les castigaría. El musculoso sacerdote parecía un oso, pero era manso como un cordero.

Cuando se aproximaban al otro lado de la plaza, oyeron unos sonidos familiares. Voces de niños, risas, algunos aplausos. Alejandro y Joaquín llegaron en el momento en que el espectáculo de marionetas alcanzaba su clímax. Había dos figuras: una representaba al Zorro, la otra a Rafael Montero.

Las dos marionetas estaban confeccionadas a mano, con una primorosa atención por los detalles. La figura del Zorro exhibía una máscara de seda negra y espuelas de plata; la de Montero, joyas y una espada elegante, como el gobernador real.

–¡Soy Rafael! –dijo el niño actor con voz profunda–. ¡Tengo muchos soldados! ¡Todos deben obedecerme!

El chiquillo que interpretaba al Zorro se sentía nervioso por la proximidad del público.

–¡No, Rafael, no te obedeceré! –exclamó. Y hablando más despacio añadió–: ¡Porque... porque eres... estúpido y... tonto!

Alejandro no soportaba aquello; pintaban a su héroe como si fuese un imbécil.

–Espera, espera, así no –vociferó mientras se abría paso entre los espectadores–. El Zorro diría: «¡Te escupo en la cara, Montero! ¡Muerte al opresor español! ¡Donde dejo mi zeta, la gente sabe que...!».

El estruendo de cascos de caballos interrumpió su interpretación. Todos los niños alzaron la vista hacia tres jinetes que atravesaban al galope la plaza haciendo caso omiso de la gente que se interponía en su camino, ya fueran campesinos o soldados, y avanzaban hacia el grupo de muchachos. La diversión había terminado.

Los niños abandonaron las marionetas, aterrorizados, y se apartaron de los cascos justo a tiempo. Sus muñecos no tuvieron tanta suerte; los caballos los aplastaron. Cuando se alejaron, los chiquillos corrieron para ver si se había salvado algo, pero los animales sólo habían dejado astillas de madera y tristeza.

Los jinetes –don Luis, un aristócrata, y sus dos guardaespaldas– galoparon hasta el centro de la plaza. Todo el mundo se apartó de sus monturas.

Don Luis sofrenó su caballo delante del palacio del gobernador. Era alto y delgado, lucía perilla y sus maneras eran majestuosas. Avanzó entre el populacho con una expresión de repugnancia en la cara, seguido de sus dos guardaespaldas, y entró con la cabeza erguida en el gran vestíbulo, donde contempló impertérrito la frenética actividad que se desarrollaba alrededor.

Estaban desmantelando el palacio pieza a pieza. Los soldados se llevaban pinturas, cuberterías, muebles, objetos de cristal valiosos... Don Luis meneó la cabeza antes de subir por la escalera.

Mientras recorría el pasillo con paso ligero, esquivó a dos criados que cargaban con una alfombra enrollada. La puerta del despacho principal estaba entreabierta. Don Luis entró, ansioso por ver al gobernador Montero. Traía noticias urgentes.

Montero se hallaba en el balcón. Había presenciado la espectacular llegada de don Luis, que le había resultado un tanto divertida, y mientras esperaba había observado con calma a la multitud encolerizada.

Los ojos de serpiente de Montero se desviaron hacia las puertas de cristal cuando don Luis apareció en el balcón.

–Don Rafael –dijo don Luis sin aliento–, los hombres de Santa Anna se encuentran a cinco kilómetros de la ciudad. Tenéis que marcharos, señor, ahora mismo.

Montero se encogió de hombros.

–El gobierno español desea agradeceros vuestros servicios, don Luis.

Tendió al noble un pergamino de aspecto oficial.

–Esta tierra pertenece al gobierno español –afirmó don Luis mientras leía.

–Y dentro de dos horas será propiedad del gobierno mejicano, a menos que os la ceda –replicó Montero–. Conozco a Santa Anna. Se dará cuenta de que los hacendados pagan religiosamente sus impuestos y respetará sus reclamaciones. –Indicó con un gesto un montón de documentos similares que descansaban sobre una mesa cercana–. El resto de la Alta California ha sido dividido a partes iguales entre los demás nobles. Confío en que os encargaréis de que reciban sus títulos de propiedad.

Don Luis recogió los documentos y les echó una rápida

ojeada. No le gustó lo que vio, pero sabía que debía ser diplomático.

–Hum, bien, señor –dijo con cortesía a Montero–, el terreno que me habéis concedido es desierto en su mayor parte. En cambio habéis otorgado al señor Peralta las ricas tierras agrícolas de...

–Un día –le interrumpió Montero–, comprenderéis que habéis sido el más favorecido, don Luis. –Montero se volvió para observar la multitud–. Sí, sí –agregó, y dejó escapar un suspiro de hastío–. Hay que cumplir un último deber.

Mientras Montero miraba hacia la plaza, el oficial al mando del pelotón de fusilamiento vociferó órdenes a sus hombres. Había llegado el momento de la ejecución.

Montero se acercó a la barandilla.

–Sacad a los muchachos de la plaza –exclamó a los soldados–. ¡De inmediato! –Miró a don Luis–. Los niños no deberían presenciar nunca nuestras malas acciones.

Los soldados empezaron a ahuyentar a los chiquillos y todos los presentes prorrumpieron en chillidos; los soldados, las madres, los chavales. Casi todos estaban atemorizados, y algunos enfadados por perderse el espectáculo, en especial Joaquín y Alejandro, a quienes arrastraron en direcciones diferentes, pese a sus alaridos y patadas. Cuando su hermano mayor desapareció, Alejandro se asustó. Forcejeó con denuedo para liberarse, pero el hombre le sujetaba con mano férrea.

Alejandro parpadeó al observar que quien le agarraba no era un soldado. Llevaba el hábito pardo de un monje, como fray Felipe.

El niño comenzó a dar patadas.

–¡No! ¡No! –exclamó–. ¡Alguien ha de detener la matanza!

–Alguien lo hará –susurró el monje.

Alejandro le creyó y, más tranquilo ya, miró al religioso. De pronto se puso rígido.

Bajo el burdo hábito se veían un par de relucientes botas negras con espuelas de plata y el extremo afilado de una espada plateada. A Alejandro le dio un vuelco el corazón. Alzó la mirada, con los ojos desorbitados, y vio una máscara de seda negra dentro de la capucha del monje y, debajo de aquélla, un bigote bien cortado y el destello de una sonrisa.

El muchacho contuvo la respiración.

Era él, ¡el Zorro!

–Pero-pero, tú eres... –balbuceó el niño.

El hombre enmascarado se cruzó los labios con un dedo.

–Chist.

Esbozó una sonrisa tranquilizadora y acto seguido giró sobre sus talones para desaparecer entre la multitud.

Alejandro tardó un buen rato en encontrar a Joaquín. Tuvo que esquivar a campesinos, soldados y caballos mientras buscaba a su hermano. Por fin le vio. Estaba atado con una cuerda a un grupo de otros niños vigilados por un soldado.

Sin vacilar un instante, Alejandro cogió una piedra y la arrojó, con tan buena puntería que alcanzó al guardia en la cabeza. El hombre se volvió como un rayo y corrió hacia el muchacho, que se mezcló con la muchedumbre. Tras permanecer unos minutos agachado, dio un rodeo y corrió de nuevo hacia su hermano. Al llegar junto a los niños cautivos, chocó con Joaquín y se alejó, seguido de cerca por el soldado.

Mientras Alejandro distraía al guardia, Joaquín cortó la cuerda con el cuchillo que su hermano le había pasado furtivamente. Una vez libre, lo entregó al chiquillo que se hallaba a su lado y se perdió en la multitud.

Los hermanos sabían dónde debían encontrarse. Durante años habían compartido un escondite secreto desde el cual dominaban la plaza... y la terraza de Rafael Montero.

Antes de que Alejandro hablara a su hermano del hombre enmascarado, el gobernador Montero hizo una señal al pelotón de fusilamiento.

El capitán desenvainó la espada.

–¡Preparados!

¡Clic! El pelotón de ejecución amartilló los fusiles.

Alejandro buscó al Zorro entre la multitud, que permanecía inmóvil.

El jefe del escuadrón alzó la espada.

–¡Apunten!

Seis fusiles apuntaron a los prisioneros. Los tres reos se irguieron, dispuestos a morir con honor.

Mientras el corazón le martilleaba en el pecho, Alejandro observó que el capitán bajaba la espada.

–¡Fuego!

En aquel momento el silencio se quebró. Un látigo serpenteó alrededor de un fusil con un chasquido seco y lo desplazó hacia los otros. Como fichas de dominó, las cinco armas se desviaron hasta encañonar el pecho del capitán.

–¡No disparen! ¡No...!

Los seis fusiles vomitaron fuego. El jefe del pelotón se desplomó, y una figura cubierta con una capa voló sobre él como un ángel negro.

Alejandro fue el primero en verlo.

–¡El Zorro!

La multitud se dispersó en cuanto el Zorro aterrizó sobre sus brillantes botas negras, con la espada en alto.

–¡El Zorro! –exclamó la muchedumbre–. ¡Viva el Zorro!

Con un salto atlético, el Zorro se plantó ante los prisioneros y con tres veloces tajos de la espada los liberó. A escasos metros de distancia, el pelotón de fusilamiento se apresuraba a cargar sus armas. Algunos desenfundaron las espadas, dispuestos a atacar.

El Zorro se movió como el viento para defenderse. Su espada era como un remolino de acero destellante. Los reos aprovecharon la ocasión para escapar y confundirse entre el gentío.

Desde su balcón, Montero observaba con calma la lucha entre el Zorro y sus soldados, rápida, mortal. Anticipaba cada movimiento.

Don Luis aferró su espada, impotente.

–Deberíamos haber supuesto que el Zorro intentaría salvarlos.

Montero le dedicó una sonrisa de triunfo.

–Contaba con ello. –Movió la mano, como si ahuyentara a un perro zalamero–. Será mejor que os vayáis, don Luis.

Sin dejar de sonreír, Montero empezó a tañer una enorme campana de hierro que colgaba de una pared.

En la plaza, la espada del rebelde enmascarado siseaba como una serpiente, mientras repelía a dos soldados al mismo tiempo. Uno consiguió infligirle un corte en el brazo antes de caer, pero la herida no arredró al Zorro.

¡Clang! Alejandro y Joaquín alzaron la vista al oír la campana. Ambos sabían que era una señal. En efecto, de inmediato tres hombres armados con fusiles salieron de una torre y apuntaron al Zorro.

Joaquín propinó un codazo a su hermano.

–¡Mira!

Alejandro vio una gran estatua de piedra en el borde del

tejado. La empujó con todas sus fuerzas y, con la ayuda de Joaquín, logró que la figura se tambaleara y cayera sobre los tres soldados de la plaza.

El Zorro dio media vuelta al oír el estruendo y vio a los tres tiradores derribados. Después divisó a los dos niños en el tejado, y cuando agitaba una mano para saludarles una bala le rozó la oreja. Una descarga de disparos levantó tierra alrededor de él mientras los soldados le atacaban. El Zorro se precipitó por una puerta cercana y subió por las escaleras a toda prisa.

El silencio se hizo en la plaza. Alejandro y Joaquín se asomaron por el tejado y observaron que los soldados cargaban sus armas. Al igual que éstos y todos los presentes, los muchachos esperaban a que el Zorro reapareciera.

Una larga sombra se extendió sobre la cubierta, y dos manos enguantadas de negro cayeron sobre los hombros de los chiquillos, que dieron media vuelta al instante, dispuestos a huir.

Ante ellos se alzaba una figura alta, con el rostro cubierto con una máscara negra. Alejandro y Joaquín parpadearon. ¡Era el Zorro!

–Os doy las gracias, caballeros –dijo con calma al tiempo que se quitaba un medallón que llevaba colgado del cuello. Tenía un dibujo extraño; varios círculos dentro de uno mayor.

El Zorro lo ofreció a Joaquín, que quedó boquiabierto y lo alzó para mostrarlo a Alejandro.

Fue un momento emocionante. Casi parecía que el medallón destellaba. El Zorro apoyó una mano en el hombro de cada muchacho y compartió por un momento su felicidad.

A continuación se acercó al borde del tejado.

–Ahora tendréis que disculparme –declaró mientras desenvainaba la espada–. Me estoy perdiendo mi fiesta.

Saltó sobre un saliente con la agilidad de un felino, de allí a un dosel y por último aterrizó en el balcón de Montero. Con un veloz movimiento, su espada se posó en el cuello del gobernador.

Montero no retrocedió. Estaba decidido a morir con honor.

–¿Pensabais matar a tres hombres inocentes con el único fin de capturarme? –preguntó el Zorro con desdén.

Los ojos de serpiente de Montero centellearon.

–Mataría a cien más con tal de veros cubierto de grilletes.

Una sonrisa destelló bajo la máscara del Zorro.

–Tres hombres, tres tajos.

El Zorro practicó tres cortes en el cuello de Montero. Apareció una Z roja, como un tatuaje.

El estupefacto gobernador se llevó las manos a la herida.

–Un pequeño recuerdo de México –añadió el Zorro mientras se encaramaba de un salto a la barandilla–. No os rasquéis las costras.

El enmascarado silbó, y antes de que el sonido se desvaneciera un enorme semental negro surgió de las sombras. Con la capa negra desplegada como alas, el Zorro saltó desde la barandilla sobre el caballo.

Mientras la multitud prorrumpía en vítores, cargó contra un grupo de soldados, que se dispersaron asustados. Luego su caballo dio media vuelta y subió al galope por un tramo de la escalera.

Desde su privilegiada posición, Alejandro y Joaquín vieron cómo la montura del Zorro cruzaba el tejado y saltaba al vacío. Por un momento el caballo y el jinete se recortaron contra el cielo rojo, como petrificados.

Un instante después, aterrizaron sobre la cubierta de la iglesia. El Zorro hizo girar al caballo hacia los campesinos, que aplaudían entusiasmados y, tras desenvainar la espada, la alzó en un gesto de victoria. El animal, *Tornado*, se encabritó con orgullo, agitando los cascos delanteros en el aire.

La muchedumbre rugió. *Tornado* dio media vuelta, cruzó el tejado al galope y saltó hacia el siguiente edificio.

Alejandro y Joaquín observaron con fascinación cómo el caballo del Zorro flotaba de tejado en tejado, hasta perderse en el sol poniente.

Joaquín acarició el medallón de plata que ahora colgaba de su cuello.

Abajo, en el balcón, el gobernador Montero, que también había presenciado la impresionante huida del Zorro, apartó la mano de la herida, tembloroso de dolor y furia.

En su palma había una Z de sangre.

La marca del Zorro.

2

El cielo era de un púrpura intenso cuando el Zorro llegó por fin a la cascada. La luna dibujaba franjas doradas sobre el muro de agua espumeante, que ocultaba un saliente de piedra. El Zorro desmontó y avanzó hacia un lado.

Cogió las riendas de *Tornado* y le condujo por debajo del saledizo hasta una caverna secreta. El Zorro retiró la silla de montar con movimientos cansinos. Se sentía agotado y tenía el cuerpo dolorido a causa de la batalla.

–Demos gracias a Dios. Los españoles se marchan –murmuró mientras acariciaba el cuello de *Tornado*–. Nos hacemos viejos para estas aventuras, amigo.

Como en respuesta, el corcel negro movió la cabeza y se acercó despacio a su pesebre.

El Zorro, con las piernas entumecidas, avanzó hacia la parte posterior de la cueva. Aquel enorme espacio era su biblioteca, taller y refugio. Además de las estanterías colmadas de libros, su mesa de trabajo y herramientas, disponía de una zona para realizar prácticas de esgrima.

El suelo de mármol presentaba un extraño dibujo; una configuración de círculos, idéntica a la del medallón de plata que había regalado a Joaquín, decoraba el suelo.

Mientras atravesaba su fortaleza de piedra, el Zorro se quitó la máscara negra, los guantes y la espada. Despojado de los elementos que conformaban su identidad secreta, se sentó a una tosca mesa de madera, sobre la que descansaban una enorme cruz de oro y dos velas.

El Zorro encendió las mechas y, con la cabeza baja, musitó una breve oración de agradecimiento. Era el ritual que observaba después de cada misión.

A continuación se puso en pie y caminó hasta una corta escalera tallada en la roca. Cuando subió por los peldaños, ya no era el Zorro, sino Diego de la Vega, padre de familia y ranchero acaudalado.

Una puerta oculta detrás de la chimenea se abrió, y Diego entró con calma en una sala sencilla y elegante, con grandes ventanales que dominaban los acantilados, donde se estrellaba el oleaje. Sin detenerse para contemplar la maravillosa panorámica, se encaminó hacia la habitación de los niños, donde su hija Elena dormía plácidamente. Un pequeño ramo de flores estaba sujeto a cada poste de la cuna. Diego aspiró su aroma al acercarse.

Una joven sentada al lado de la cuna vigilaba a la pequeña. Diego saludó a la niñera de Elena.

–¿Crees que está bien abrigada? –susurró.

La muchacha suspiró. Diego se preocupaba por Elena aún más que su madre.

–Siempre le pongo una manta de más –le tranquilizó.

Diego le dio las gracias sin dejar de observar a su hija. Elena de la Vega, de dos años, había heredado la belleza de su madre y el temperamento de su padre. Parecía un ángel dormido, pensó Diego mientras le acariciaba la cabeza.

La niñera de Elena sonrió y salió de la habitación en busca de la esposa de Diego, Esperanza.

Sin embargo, ésta no se encontraba en la casa.

Sentada en la oscuridad, sobre una roca plana, contemplaba la playa iluminada por la luna, aguardando a que Diego regresara. La mujer se ciñó el chal para protegerse del frío. Se sentía inquieta siempre que Diego partía para cumplir una misión, y le aterraban las horas de espera. Además, aquella noche tenía un mal presentimiento.

Con la intención de calmar sus nervios, Esperanza se levantó y cogió unas flores para la cuna de Elena. Alzó la vista y advirtió que una sombra cruzaba la ventana iluminada de la habitación de su hija.

A Esperanza le brincó el corazón de alegría y alivio. Diego había regresado. Con las flores en la mano, corrió hacia la casa.

Cuando se acercaba al dormitorio de Elena, oyó la voz de Diego.

–... Pero el príncipe bueno no tenía miedo del rey malo –susurraba a su hija–. Corrió hacia el puente, al tiempo que combatía con un centenar de guardias. –Diego cogió una flor de las que adornaban la cuna y la esgrimió como una espada–. Entonces, apuesto y desafiante bajo el sol del atardecer, saltó al balcón y apoyó la punta de la espada contra la garganta del rey. «¿Pensabais matar a tres hombres inocentes con el único fin de capturarme?», preguntó el príncipe.

Esperanza sonrió enternecida mientras observaba cómo Diego narraba sus aventuras, sin importarle que su hija estuviera dormida.

–Y el hombre malo dijo...

Diego se volvió y vio a su esposa de pie en el umbral, radiante a la luz de las antorchas. Después de varios años de matrimonio, su belleza siempre le asombraba. Con su sencillo vestido y su pañuelo amarillo, parecía una novia joven. Diego percibió que su hermoso rostro reflejaba miedo.

Cambió de tono para añadir:

–Hum, el hombre malo dijo... algo que más vale olvidar –se apresuró a concluir.

–¿Y el príncipe bueno qué hizo? –preguntó Esperanza.

–Saltó desde el balcón sobre su fiel corcel, *Tornado*, y cabalgó hasta su casa para reunirse con su hermosa esposa, Esperanza, a quien prometió que no cometería imprudencias o locuras nunca más.

Esperanza rió mientras se acercaba a Diego para rodearle con el brazo. Era maravilloso tener a su marido en casa. Contemplaron a su hija, que sonreía en sueños.

–Le encanta escuchar tus cuentos –observó Esperanza.

Diego se encogió de hombros.

–Le gusta oír mi voz. Algún día se aburrirá de mis cuentos.

Esperanza le besó en la mejilla.

–Yo nunca me canso de oírlos. ¿Por qué ha de hartarse ella? –Caminaron cogidos de la mano hacia el vestíbulo–. Ya empieza a imitar tus diabluras. Hoy ha roto el caballito de arcilla que le fabricaste –explicó la mujer.

Diego rió. Su esposa le pasó el brazo por la cintura, y al hacerlo le rozó la herida. Al sentir una punzada de dolor Diego dejó de reír y se encogió.

–¿Qué ocurre? –preguntó Esperanza, alarmada.

–No es nada, un simple rasguño.

–Me juraste, Diego, que no habría más noches de espera, rezando para que vuelvas vivo a casa.

Diego percibió la preocupación que delataba su voz.

–Esperanza –susurró–, los españoles se van. Hemos luchado y vencido. –Se detuvo en mitad de la escalera–. La aventura de hoy en la plaza ha sido la última del Zorro. –Abrazó a su esposa y agregó–: Ahora podremos envejecer junto a nuestros cinco hijos.

–¡Cinco! –Ella lo miró con indignación.

–¿Son pocos?

Una sonrisa se insinuó en la boca rubí de Esperanza.

–Te quiero, Diego.

Lo estrechó con fuerza, casi con desesperación. Permanecieron unos minutos fundidos en el abrazo. De pronto un elemento extraño quebró la calidez de la escena. Esperanza abrió los ojos y su corazón se paralizó.

Al pie de la escalera, con un brillo de odio en sus ojos de serpiente, estaba Rafael Montero. Cuando sus miradas se encontraron, las facciones impenetrables de Montero se suavizaron.

–Doña Esperanza, estáis tan hermosa como siempre.

–¿Qué os trae por aquí, don Rafael? –preguntó ella con voz gélida.

Esperanza sabía que el gobernador siempre había estado enamorado de ella. En el pasado la había cortejado. Ella, en cambio, le detestaba tanto como a la corrupción que representaba. Montero no era más que un ladrón presuntuoso.

Diego se volvió con parsimonia y sonrió.

–¡Ah, don Rafael! Es un honor recibir al gobernador en nuestra casa. ¿Os quedaréis a cenar?

Montero le dirigió una mirada asesina.

–Por supuesto. ¿En qué estaría pensando? –continuó Diego–. No tenéis tiempo de cenar. Huís para salvar la vida.

Sin hacerle caso, Montero se volvió hacia Esperanza.

–He venido para pediros disculpas.

Tanto Diego como Esperanza quedaron sorprendidos.

–Lamento no haber logrado proteger a este país de los campesinos que se han apoderado de él –comentó Montero a Esperanza–. Lamento no haberos persuadido de que me amarais. Y lamento dejaros sin marido.

Montero alzó un brazo y chasqueó los dedos.

–Detenedle.

Al instante dos guardias surgieron de las sombras y, tras subir por la escalera, inmovilizaron los brazos de Diego.

–¿De qué delito se me acusa? –Diego reía mientras le obligaban a bajar–. ¿De no acompañaros hasta el barco?

Furioso, Montero le agarró un brazo y lo apretó con todas sus fuerzas. El rostro de Diego no delató ninguna emoción. Cuando Montero le soltó, vio un reguero de sangre en la manga de Diego.

–La sangre nunca miente..., Zorro –declaró con tono triunfal. Hizo un gesto a los guardias–. ¡Lleváoslo!

Los hombres arrastraron a Diego hasta la puerta.

Esperanza bajó a toda prisa por la escalera.

–¡Soltadle!

Montero intentó detenerla.

–Ha traicionado a su país y a su clase, Esperanza.

La mujer le apartó y corrió hacia Diego.

–No es digno de vos –aseguró Montero, intentando retenerla.

Cuando el gobernador cogió a Esperanza por el brazo, Diego montó en cólera.

–¡No la toquéis! –gritó, liberándose de los guardias al tiempo que arrebataba a uno la espada. Acto seguido giró en redondo para enfrentarse a Montero.

Éste apenas si tuvo tiempo de desenvainar la suya y detener la estocada de Diego. Montero embistió con coraje a su adversario. Para evitar que la hirieran, Esperanza subió por la escalera.

Los guardias apuntaron con los fusiles a Diego, pero el blanco era difícil, ya que éste y Montero continuaban enzarzados en sus amagos y fintas, mientras Esperanza contemplaba la escena con angustia.

Veloz como un felino, Diego arrancó la espada del puño de Montero y le colocó la punta de su acero en el pecho, pero vaciló. Matar a un hombre desarmado, en su casa, delante de su mujer...

¡Bang! Un soldado disparó a quemarropa. La bala pasó junto a la oreja de Diego, que se agachó instintivamente.

Montero alzó los brazos.

–¡No! –exclamó–. Esto es cosa nuestra.

Diego permitió que recuperara su arma. Los dos hombres avanzaron describiendo círculos, con las espadas destellantes bajo la luz de las antorchas. Montero atacó de nuevo y consiguió herir a Diego en el pecho, donde le infligió un corte profundo.

Esperanza ahogó una exclamación al ver la mancha roja en el pecho de su esposo. Montero arremetió una vez más, dirigiendo la hoja hacia la marca carmesí, pero Diego ya no estaba allí.

La estocada de Montero derribó una antorcha, que prendió las cortinas. Ninguno de los dos hombres se percató, enzarzados como estaban en su duelo decisivo.

Las llamas proyectaban largas sombras danzarinas sobre la pared. El gobernador esquivó un cimbronazo mortal de Diego y se precipitó hacia delante. Diego, con la velocidad del rayo, le arrebató la espada de la mano con su acero y lo acorraló contra la pared. Una vez más, Montero se hallaba a su merced, con el frío filo apoyado contra la garganta.

Diego sabía qué debía hacer, pero saboreó el momento.

¡Clac! Los soldados amartillaron los fusiles.

Diego se volvió hacia ellos con una sonrisa.

–Ya le habéis oído. Esto es cosa nuestra.

–¡De todos nosotros! –vociferó Montero.

Esperanza, con el corazón encogido, vio que un soldado se situaba detrás de Diego, e intentó avisarle, pero las palabras no surgieron de su boca. Horrorizada, bajó a toda prisa por las escaleras.

El soldado, un fornido teniente, disparó.

El estruendo resonó en toda la casa. Después se produjo un silencio mortal. De manera intuitiva Diego se palpó para ver si le habían herido.

Un leve gemido rompió el silencio.

A Diego se le heló la sangre en las venas cuando miró hacia atrás y vio a Esperanza con las manos en el pecho, tratando de hablar. De pronto la mujer se desplomó en la escalera muy lentamente.

Tanto Diego como Montero se volvieron. El teniente los observó atónito, con el fusil humeante en la mano.

Aturdido, Diego se arrodilló al lado de su esposa, mientras Montero contemplaba la escena con expresión inescrutable. Un instante después el gobernador recogió su espada y atravesó el corazón del teniente.

El soldado murió antes de caer al suelo.

Devorado por los remordimientos, Montero se encaminó con paso vacilante hacia Diego, que acunaba a su mujer, muerta, en los brazos.

–Jamás habría permitido que nada malo le sucediera –declaró con voz ronca.

Diego le fulminó con la mirada.

–Nunca fue vuestra para que debierais protegerla.

Al oír al otro guardia hablar entre dientes con nerviosismo, Montero se volvió y observó que las cortinas se habían convertido en un muro de fuego. Las llamas se alzaban hasta el techo.

Indiferente al rabioso incendio, Diego seguía meciendo a Esperanza en sus brazos. El tenue llanto de un niño le hizo reaccionar.

Elena. La niña se hallaba sola en su habitación.

Recuperando la lucidez, Diego depositó con delicadeza el cuerpo de Esperanza en el suelo y se puso en pie de un salto. Con los ojos irritados y casi asfixiado a causa del humo, corrió hacia las llamas para salvar a su hija.

Montero lo siguió y le golpeó en la cabeza con la pistola.

Diego perdió la consciencia y se sumió en un pozo de tinieblas.

El soldado desenvainó la espada con la intención de clavársela en la espalda, pero Montero se lo impidió.

–¡No! –exclamó–. Lo quiero vivo.

Tras apartar de un empujón al guardia, se arrodilló junto a Diego, con el rostro desencajado.

–Quiero que vivas sabiendo que has perdido todo cuanto amabas –susurró con odio–. Quiero que sufras como yo he sufrido.

Diego intentó levantar la cabeza y de inmediato volvió a perder el conocimiento.

Montero se acercó al cuerpo de Esperanza y le cerró los ojos con ternura mientras el soldado se ocupaba de Diego.

Un llanto apagado llamó la atención de Montero, que se levantó y corrió hacia la habitación de Elena.

El dolor despertó a Diego.

Con los ojos entornados, intentó volver la cabeza. El menor movimiento le causaba un gran sufrimiento. Diego luchó contra éste y se incorporó.

Unas llamas amarillas brillaban en la oscuridad. A su luz observó un charco de sangre en el suelo; brotaba de su cara. Al intentar restañar la sangre, advirtió que tenía las manos encadenadas.

Aún aturdido, paseó la vista alrededor. Descubrió que se encontraba en una especie de jaula. A medida que su visión mejoraba, vislumbró su casa envuelta en llamas a través de los barrotes; una pesadilla hecha realidad.

–¡Elena! –exclamó, y se arrojó contra las barras de acero. La jaula, que descansaba sobre una carreta, empezó a mecerse. Loco de dolor y horror, Diego continuó vociferando–: ¡Elena! ¡Elena!

Las llamas anaranjadas se alzaron hacia el cielo cuando la vivienda empezó a derrumbarse. Un remolino de chispas rasgó la noche. Diego se aferró a los barrotes de la jaula y aulló como un animal cuando el tejado se desplomó con un estruendo ensordecedor.

De repente una silueta oscura emergió de las ruinas, alguien envuelto en una alfombra humeante. La figura se deshizo de ella. Era Montero, que sostenía algo en los brazos.

Diego observó que Montero se acercaba a la carreta para enseñarle lo que había rescatado del incendio.

Elena.

Su hermosa Elena estaba viva. Diego, que en un segundo experimentó angustia, asombro y júbilo, tendió las manos, deseoso de abrazar a su hija, de confortarla.

Montero se detuvo, fuera de su alcance.

Diego oyó a Elena llorar.

–¡Montero! –suplicó–. ¡Déjame abrazarla! ¡Devuélveme a mi hija!

Sin hacerle caso, Montero acarició la mejilla de la niña.

–Calma, calma. –Sonrió–. Tienes los ojos de tu madre –murmuró.

La voz burlona de Montero resultaba hiriente como una navaja. Sin dar crédito a sus ojos, Diego observó que Montero daba media vuelta y se alejaba de la carreta, con su hija en brazos.

Diego reunió las escasas fuerzas que le quedaban.

–¡Juro por Dios, Montero –exclamó con voz ronca–, que si no me matas ahora, nunca te librarás de mí!

El gobernador ni siquiera miró hacia atrás. Sus carcajadas se perdieron en la lejanía, mientras el dolor laceraba a Diego.

Un rayo partió la oscuridad como una espada de fuego, y el trueno desencadenó una lluvia torrencial.

Mientras las gotas tamborileaban sobre la pequeña jaula, un soldado se acercó a los barrotes.

–Ningún hombre sobrevive a las mazmorras de Talamantes –se burló.

Diego no dio muestras de oírle. Se derrumbó contra las barras presa de la desolación. El soldado asestó un golpe contra la jaula.

–Lleváoslo.

El conductor fustigó el caballo y la carreta se puso en movimiento con una sacudida. Mientras iniciaba el largo viaje hasta la cárcel de Talamantes, Diego contemplaba las ruinas humeantes de su vida. Después, adoptó una posición fetal, derrotado.

En el cielo, los negros nubarrones se abrieron para revelar una luna llena.

3

VEINTE AÑOS DESPUÉS

El depósito de agua no era gran cosa.

Había un cobertizo destartalado para guardar grano, frutas y verduras, y municiones. También disponía de recipientes para comida y un abrevadero para los caballos. Era, sin duda, demasiado pequeño para los cinco soldados que revoloteaban como moscas alrededor de la fruta y se apoderaban de las mejores piezas. No tenían intención de pagar, observó el propietario con amargura. Eran un hatajo de vulgares ladrones. Echó un vistazo a la carreta, donde un soldado sentado en lo alto custodiaba una caja fuerte.

El dueño trató de contener la ira y examinó el cartel que el cabo García acababa de clavar en el cobertizo. En letras mayúsculas, rezaba:

SE BUSCA A LOS FAMOSOS
HERMANOS MURIETA

Debajo había dos toscos retratos de Alejandro y Joaquín.

Un niño salió del cobertizo. Era moreno, delgado y de ojos extraviados. Contempló el cartel con una mezcla de admiración y miedo.

El propietario meneó la cabeza. Había adoptado, aunque no legalmente, al chiquillo unos días antes. Éste había llegado al depósito de agua después de que hubieran raptado a su familia, compuesta de cinco personas: el padre, la madre, un hermano y dos hermanas, que habían desaparecido sin dejar rastro.

El cabo García, que estaba al frente de los soldados, ofreció un melocotón al niño, que no reaccionó, absorto en sus pensamientos. García se encogió de hombros y mordió la fruta, cuyo jugo resbaló por su doble papada.

El propietario, que realizaba esfuerzos titánicos por controlarse, se acercó un poco más.

–¿Para esto preparan a nuestro ejército? –preguntó–. ¿Para robar comida y holgazanear?

El cabo resopló.

–Deberías considerar un honor que un oficial de mi graduación te robe la fruta.

El obeso cabo introdujo la mano en el recipiente de madera en busca de otra pieza. El dueño, incapaz de contenerse por más tiempo, se la arrebató y la arrojó hacia el desierto.

García se levantó con irritación y le propinó un fuerte revés. El propietario cayó al suelo ante la mirada aterrorizada del chiquillo.

El hombre, en cambio, no tenía miedo. Mientras yacía en el suelo, dirigió al cabo una mirada cargada de desprecio.

–Qué desgracia –declaró con voz ronca–. ¡Se supone que debéis protegernos! ¡Al fin y al cabo, sois mejicanos! –Se puso en pie despacio y escupió a los pies de García–. La situación es peor ahora que bajo la tiranía de los españoles. Al menos entonces el Zorro luchaba por nosotros.

García puso los ojos en blanco.

–El Zorro... Sólo una vieja cucaracha como tú se acuerda de él. Menos mal que se largó; no tendría nada que hacer contra mí.

Por primera vez, el niño dio señales de vida. Sus ojos brillaban cuando miró al propietario.

–¿Quién es el Zorro? –preguntó con solemnidad.

Joaquín Murieta examinaba el medallón de plata que colgaba de su cuello. Desde que el Zorro se lo había regalado, sentía fascinación por el extraño símbolo que llevaba grabado: varios círculos dentro de otro mayor.

A menudo se preguntaba si poseía un significado especial. Algún día se lo preguntaría al Zorro, pensaba. De hecho lo había pensado durante veinte años. Ahora el Zorro ya sería un anciano.

Joaquín observó con tristeza el otro objeto que rodeaba su cuello. Una soga. El otro cabo ceñía el de su hermano menor, Alejandro. Ambos hermanos iban a pie, maniatados, arrastrados por un jinete. El hombre se llamaba Jack, y sólo tenía tres dedos en la mano izquierda; los que le faltaban sobresalían de la cinta de su sombrero, como plumas siniestras.

Pese a la situación, Alejandro se mostraba tranquilo, casi alegre. Su barba rala confería a sus facciones atractivas y afiladas el aspecto de un artista; sólo que su arte consistía en el bandolerismo.

El trío coronó una colina. Más abajo se alzaba el depósito de agua.

Jack sonrió y retiró el tapón de la cantimplora. Tras tomar un largo sorbo, vertió agua sobre su cuerpo polvoriento y sudoroso al tiempo que cantaba con voz ronca y quebrada *Camptown Races*.

Capturé unos bandidos,
da di do da do
Son malvados, pero no asustan,

da di do da da...
Me planté en su camino,
da di do da de
y los acogoté,
da di do da de
así que pagadme ya la recompensa...

Jack se interrumpió y se llevó una mano a la oreja, esperando que Joaquín y Alejandro finalizaran el verso.

Los hermanos cambiaron una mirada sombría. Cuando Jack les ofreció un poco de agua a cambio de que cantaran, continuaron la tonada a regañadientes.

Nadie es tan duro como Jack.
¡Sí!
Nadie es tan duro como Jack...

–Eso está mejor –les felicitó Jack–. ¿Lo veis? Ya os he dicho que cantando se aligera el peso más terrible. ¿Tengo razón o no, amigos?

Jack arrojó la cantimplora a Joaquín, que la cogió con ambas manos.

La pasó a Alejandro, que tenía los labios resecos y agrietados. Se la llevó con avidez a la boca y descubrió que estaba vacía.

Después de lanzar una mirada asesina a Jack, dio la vuelta al recipiente. Una sola gota cayó en la ardiente arena. Con irritación, arrojó la cantimplora a la cabeza de Jack.

El hombre sonrió.

–¡Vamos, vengan todos! –berreó Jack–. ¡Se les pondrán los pelos de punta! ¡Vean a los famosos hermanos Murieta! ¡Ladrones de caballos! ¡Asaltantes! ¡Saqueadores!

Jack *Tres Dedos* tiró de la cuerda sin dejar de gritar y reír. Alejandro y Joaquín intercambiaron una mirada de abatimiento mientras seguían a su captor con paso cansino.

Los soldados que holgazaneaban en el depósito de agua se sobresaltaron al ver a los tres hombres acercarse. El jinete tenía pinta de cazador de recompensas, y los dos prisioneros que le seguían les resultaban familiares. Un soldado paseó la vista del cartel a los presos, y luego la posó de nuevo en el póster. Lo arrancó de la pared y lo enseñó al cabo García.

–¡Mire! ¡Los hermanos Murieta! ¡En carne y hueso!

García examinó el cartel. Sus subordinados lo rodearon para echar un vistazo. Jack desmontó de su caballo con parsimonia, ladeó la cabeza hacia el cartel y tendió la mano izquierda.

–¿Me permite?

Un soldado le entregó el papel. Se produjo un breve silencio mientras el recién llegado lo observaba. García olfateó dinero. Hinchó el pecho y se acercó un poco más a Jack.

–Estos hombres quedan bajo la custodia del cabo Armando García –anunció–. Nosotros los escoltaremos el resto del camino. Reclame su recompensa en Taxco.

–Sí, cuando los osos lleven pantalones –replicó Jack.

–¿Cuánto valemos? –dijo Alejandro con tono jovial.

Jack frunció el entrecejo, como si le preocupara herir los delicados sentimientos de Murieta.

–En total... –Jack *Tres Dedos* se tocó el ala del sombrero a modo de disculpa–. Doscientos pesos.

Alejandro quedó boquiabierto y miró a Joaquín, que también se mostró asombrado por la escasa recompensa.

–¿Nada más? –preguntó Joaquín con indignación–. ¿Doscientos miserables pesos por cabeza?

García se interpuso entre el hombre y sus prisioneros.

–Estamos perdiendo el tiempo.

Sin hacerle caso, Jack miró a Joaquín y meneó la cabeza con expresión de pena.

–No... Es por los dos –corrigió–. Doscientos pesos por la pareja.

–¿Qué? –bramó Alejandro–. ¡Es increíble! ¿Con todas las nóminas que hemos robado? ¡No la aceptes, Jack! ¡Puedes obtener más por nosotros!

–¡Cierra el pico de una vez! –espetó García, al tiempo que le cruzaba la cara.

Al instante una pistola apareció en la mano de Joaquín, que la apoyó contra la cabeza de García.

–Si vuelves a tocar a mi hermano, te mataré.

García parpadeó.

–¡Pensaba que estabais atados!

Joaquín sonrió, puesto que era evidente que no lo estaban.

–Eso te pasa por ser tan necio.

Los soldados, al comprender que se trataba de una celada, cargaron contra ellos.

Los hermanos, que ya estaban preparados, saltaron a un lado con un veloz movimiento y cayeron de rodillas. La soga que les unía se tensó. Alejandro la agarró para protegerse el cuello. Joaquín no lo hizo, y casi se ahogó cuando los soldados pisaron la cuerda. Alejandro consiguió liberarse de la lazada y se abalanzó sobre dos soldados caídos. Un tercero apuntó con el fusil a la espalda de Joaquín, que cogió una espada oxidada del saco de dormir de Jack y se precipitó hacia delante. En el instante en que el soldado disparaba desvió el cañón con el acero.

El militar giró sobre sus talones y envió la espada de Joaquín por los aires con un experto golpe de su arma.

El bandolero sonrió, hizo una finta a la izquierda, se agachó y arrancó el fusil de las manos de su adversario. Después se volvió hacia la derecha y le golpeó en la cabeza con la culata.

Minutos más tarde todo había terminado. Los soldados yacían en el suelo, mientras García contemplaba el cañón de la pistola de Jack.

El propietario reprimió el impulso de aplaudir y se apresuró a llenar una cesta con comida para ofrecerla a Joaquín.

–Con mis más sinceras felicitaciones –afirmó.

El bandido sonrió, asintiendo, y el propietario le indicó con una seña que se acercara. Joaquín obedeció, picado por la curiosidad.

–Llevan un cofre de caudales en la carreta –susurró el dueño del depósito.

Joaquín asintió.

–Lo sabemos –murmuró–. Por eso hemos venido.

–Vaya, vaya.

La cara del propietario se iluminó al comprender por fin.

Sin dejar de apuntar a los soldados con sus pistolas, los hermanos recogieron las demás armas.

Cuando ya se disponían a partir, Jack cogió el cartel del suelo, lo observó y meneó la cabeza.

–¿Sabéis qué me fastidia de este cartel –preguntó con tristeza–, más incluso que los doscientos pesos? Pues que ni siquiera se me menciona. –Miró al propietario en busca de apoyo–. ¿Acaso no fui yo quien planeó secuestrar al alcalde en su retrete? –Sin esperar respuesta, Jack agarró a García de la camisa–. ¡Yo soy el cerebro de esta banda! –exclamó–. ¡Sin mí, todo el tinglado se vendría abajo!

García asintió con vehemencia, cubierto de sudor.

Una vez desahogada su rabia, Jack comenzó a trabajar.

Cuando hubo atado a los prisioneros, subió a la carreta, seguido de Alejandro y Joaquín, que dio las gracias al propietario desde el pescante. Después agitó las riendas y los caballos empezaron a trotar. Mientras se alejaban, Jack alzó su mano izquierda y movió sus tres dedos.

–Acordaos, Jack *Tres Dedos*. ¡Armado y peligroso! ¿Comprendéis?

García y sus hombres no pudieron devolverle el saludo.

Los seis soldados se encontraban atados en un apretado círculo alrededor de un enorme cactus erizado de espinas. Al menor movimiento, todo el grupo se convertiría en un acerico.

Joaquín, Alejandro y Jack seguían riendo mucho después de abandonar el depósito de agua. Joaquín se volvió hacia su hermano y movió la cabeza en dirección al cofre de caudales. Había llegado el momento de contar el botín.

Mientras Joaquín se encargaba de que los caballos continuaran marchando a paso vivo, Alejandro intentó romper el oxidado candado de la caja con la culata de un fusil. El candado resistió. Hizo girar el arma con gesto de impaciencia y disparó. El proyectil destrozó la pieza, y la tapa del cofre se abrió sobre un gozne. Alejandro se agachó para examinar su contenido.

¡Vacía! A excepción de una rata que trepó por su brazo. Alejandro parpadeó, incrédulo, hasta que por fin comprendió.

Habían caído en una trampa.

–¡Para, Joaquín! –exclamó para imponer su voz sobre el trapalear de los caballos. Sin embargo su hermano no le oyó.

Alejandro saltó desde la parte posterior de la traqueteante carreta al pescante y arrebató las riendas a su hermano.

Los animales se detuvieron junto a un abrupto barranco, levantando una nube de polvo. Cuando la polvareda se dispersó, los hermanos vieron que seis soldados montados cortaban la carretera, unos metros más adelante.

Los tres forajidos dieron media vuelta y vieron más soldados. Estaban atrapados.

Sin mediar palabra, los hermanos Murieta y Jack saltaron del vehículo y se precipitaron hacia el barranco.

Los militares no se movieron ni desenfundaron sus armas.

Mientras tanto, los tres bandidos rodaban por la interminable pendiente.

Los hermanos fueron los primeros en aterrizar, uno sobre otro. Jack seguía cayendo. Rebotó en un saliente, y ¡bam!, una bala le alcanzó antes de que tocara el suelo. Lanzó un aullido mientras se deslizaba y chocaba contra algo sólido. Abrió los ojos y vio las patas delanteras de un magnífico caballo bayo. Mientras se retorcía de dolor, Jack alzó la vista hacia el cañón humeante de una pistola. El hombre que la empuñaba montaba muy erguido su cabalgadura. Su postura era perfecta, y sus ojos brillaban. A juzgar por las armas que llevaba, una espada corta y un sable que colgaba de la silla de montar, además de un fusil cruzado sobre su regazo, era un soldado veterano, y un hombre peligroso. Era el capitán Harrison Love, cuya misión consistía en matar a los hermanos Murieta.

Tras él había diez soldados montados, provistos de lanzas. Mientras Jack lo miraba con pavor, Love enfundó la pistola y apoyó el fusil sobre el hombro.

Jack se volvió y observó que apuntaba a Alejandro y Joaquín, que corrían hacia una frondosa masa de arbustos.

¡Bam! La pierna de Joaquín se dobló, y el joven cayó al suelo. Unos metros más adelante, Alejandro se detuvo y echó a correr hacia su hermano herido.

Los soldados montados avanzaron mientras Alejandro intentaba arrastrar a Joaquín hacia los matorrales. Era una empresa imposible.

–¡Vete! –ordenó Joaquín–. ¡Huye!

Alejandro no dio muestras de oírle. Sin arredrarse de los soldados que se aproximaban, siguió arrastrando a su hermano para ponerlo a cubierto. Joaquín extrajo una pequeña pistola de su manga y encañonó a Alejandro en la barbilla.

–¡He dicho que te vayas!

No fue la pistola, sino la mirada suplicante de Joaquín lo que convenció a Alejandro. Si conservaba la libertad, podría rescatar a su hermano. Al ver que los soldados continuaban acercándose, Alejandro dio media vuelta y corrió hacia los arbustos.

Los jinetes rodearon a Joaquín al tiempo que le apuntaban con sus afiladas lanzas. Se produjo un breve silencio mientras Joaquín los miraba desafiante. Entonces el círculo de caballos se abrió para franquear el paso al capitán Love.

El caballo bayo de Love trotó con parsimonia, hasta detenerse junto a Joaquín. El capitán sostenía el sable en la mano.

–Quiero que sepa que considero esto un honor –declaró Love con una voz tan fría como solemne–. Levántele –ordenó a un soldado.

Éste desmontó y obligó a Joaquín a incorporarse, pese al dolor que le provocaba la herida.

Love echó hacia atrás el brazo que sostenía el sable, y antes de que tuviera tiempo de descargarlo Joaquín actuó: escupió al soldado en la cara al tiempo que extraía la pequeña pistola de la manga.

¡Crac! Joaquín cayó muerto, negando a Love el «honor» al que aspiraba.

Los caballos se encabritaron, y sus jinetes lanzaron exclamaciones de temor, estupefactos por la reacción de Joaquín. Todos, excepto el capitán Love, que alzó su sable con rostro inexpresivo y de un potente golpe cortó la cabeza de Joaquín. El medallón que llevaba al cuello voló por los aires y cayó sobre la tierra seca, manchado de sangre roja y brillante.

Alejandro se sintió como si acabara de recibir un mazazo. Oculto entre la espesa vegetación, contempló la escena con horror, incapaz de emitir el menor sonido, y juró con toda el alma que se vengaría de Love y sus iguales.

El capitán Love se sacó un pañuelo de seda de la manga con gran lentitud y limpió con sumo cuidado la hoja del sable. Sus fríos ojos azules escrutaron los espesos matorrales que crecían en el fondo del barranco.

–¡Busquen a su hermano, ahora mismo! –ordenó.

Todos los soldados se alejaron al galope, excepto uno, que, señalando el cadáver de Joaquín, preguntó:

–¿Qué hacemos con éste, señor?

Love hizo girar a su caballo.

–Enterrad el cuerpo. Guardad la cabeza en una bolsa.

Después de horas de intensa búsqueda, los soldados llegaron a la conclusión de que no conseguían encontrar a Alejandro. Desde lo alto del barranco sólo se divisaba una interminable extensión de frondosos árboles, y comenzaba a anochecer.

El capitán Love se alejó de mala gana del barranco al frente de sus hombres. Jack *Tres Dedos* iba atado como un ternero, atravesado sobre el lomo de un caballo.

Alejandro permaneció escondido hasta mucho después

de que se marcharan. Por fin, cuando la luna estuvo alta en el cielo, se aproximó con cautela al lugar donde Joaquín había encontrado la muerte. Su rostro tenía la palidez de un fantasma a la luz de la luna, y grandes sombras de agotamiento habían aparecido sobre sus ojos hundidos. En el lugar donde su hermano había muerto había un charco de sangre. Cuando Alejandro se arrodilló, un destello le llamó la atención.

La luz de la luna se reflejaba en un objeto metálico caído entre las piedras. Alejandro vaciló antes de cogerlo. Era el medallón de plata del Zorro, todavía manchado con la sangre de Joaquín. Después de contemplarlo largo rato, lo apretó en su puño, mientras las lágrimas escapaban de sus ojos.

Solo en la fría y silenciosa oscuridad, permaneció acurrucado junto a la tumba de su hermano, con el cuerpo dolorido y tembloroso.

La luz de la luna ondulaba sobre las aguas en calma de una ensenada apartada. A lo lejos, en el mar, se vislumbraban las luces parpadeantes de un velero anclado.

Una antorcha destelló en la boca de la bahía.

Minutos después, las líneas oscuras de una chalupa cortaron las aguas y se acercaron a la orilla.

Un jinete solitario se desgajó de las sombras y trotó con parsimonia hasta el borde del agua. Un corcel gris con una silla de montar vacía seguía a su caballo bayo.

Una bolsa de algodón ensangrentada colgaba de la albarda del capitán Harrison Love. Contenía la cabeza de Joaquín.

Love contempló la chalupa, que se aproximaba. Dos marineros saltaron al mar y arrastraron la embarcación hasta la orilla.

Una silueta oscura y encapuchada desembarcó y se acercó al capitán Love, que lo recibió con un saludo militar antes de tenderle las riendas del caballo que esperaba.

La figura encapuchada montó en el corcel gris, y los dos hombres se alejaron galopando por la arena oscura.

4

La prisión de Talamantes era una tumba hedionda donde nunca entraba la luz del día.

Nadie había escapado jamás de ella, y nadie había vivido lo suficiente para cumplir su condena. Entre los muros oscuros y cubiertos de moho, sólo se oían los gritos de las almas en pena.

Dos jinetes se detuvieron ante un largo poste para sujetar los caballos. Love y su acompañante ataron sus monturas con los demás animales. Después la figura encapuchada indicó a Love con un gesto que esperara y entró en la cárcel, solo.

La sala estaba a oscuras. La antorcha del encapuchado iluminó el cuerpo del guardián, similar al de una morsa, que roncaba en una cama situada en un rincón. La figura misteriosa cruzó a toda prisa la sala, cogió un cubo lleno de agua sucia y lo arrojó a la cara del hombre dormido. El guardián, boqueando y lloroso, se incorporó y agitó los brazos.

–¡Aléjate de mí! ¡Aléjate! ¡No me toques!

Despertado en mitad de una pesadilla, el hombre parpadeó y miró al encapuchado.

–¿Qué quiere? –mascculló con la voz temblorosa de miedo–. ¿Quién es usted?

La figura echó hacia atrás la capucha, y el guardián miró con los ojos como platos al apuesto anciano de cabello cano.

–¿Don Rafael? –balbuceó. Saltó de la cama y procuró tranquilizarse–. Pensaba que había... –Se interrumpió y esbozó una sonrisa forzada–. ¿Qué hace aquí?

Cuando don Rafael contestó, el guardián comprendió que su misión resultaría difícil.

Encontrar a un prisionero en los profundos túneles, después de veinte años, era como intentar encontrar una aguja en un pajar. El guardián precedió la marcha, con la antorcha ante sí. Montero le pisaba los talones, seguido de un guardia llamado Ordaz, que iba provisto de otra antorcha.

Avanzaron despacio por el húmedo pasadizo. En las celdas, de piedra húmeda y con barrotes de hierro oxidado, los prisioneros se acurrucaban como guiñapos.

Montero se acercó con impaciencia al guardián.

–Se llama Diego de la Vega –le recordó–. Sé que lo trajeron aquí.

La antorcha del guardián proyectaba largas sombras, que bailaban sobre las paredes, mientras inspeccionaba cada cubículo.

–De la Vega... –repitió el guardián–. ¿Hace veinte años? A estas alturas se habrá convertido en una caja de polvo. Esto no significa que les facilitemos ataúdes. –Soltó una risita–. Parece mentira la rapidez con que mueren aquí –añadió.

–Éste no –replicó Montero con una sonrisa tensa y amarga–. Éste se habrá empeñado en morir despacio.

El guardián bajó por una escalera de caracol hasta una galería subterránea, cuyas mazmorras, infestadas de ratas, conseguían que las de arriba parecieran lujosas. El poco aire que se filtraba era rancio y viciado.

Montero atravesó con la mirada al guardián, que se había detenido ante la puerta de hierro herrumbroso de la galería.

–Ábrela –ordenó con brusquedad.

Los goznes oxidados chirriaron cuando el hombre abrió la puerta. Montero entró en el pestilente pasillo y empezó a recorrerlo.

–Diego de la Vega –murmuró el guardián–. No me acuerdo de los nombres. Al fin y al cabo, después de un par de años les llamamos como nos da la gana.

–Tenía otro nombre –explicó Montero con petulancia–, que sólo recuerdan los campesinos. Creían que era invencible.

Lanzó un bufido, como si se tratara de una leyenda estúpida, olvidada hacía mucho tiempo.

–¿Se refiere al Zorro? –La voz del guardián resonó en el pequeño espacio, y los ecos se propagaron por el pasillo.

Montero lo miró con odio.

–Sí –susurró–. El Zorro.

A instancias de Montero, el guardián y Ordaz sacaron a los prisioneros de las celdas y los alinearon para la inspección. Como medida de seguridad suplementaria, el guardián apostó a más hombres a lo largo del pasillo, con las porras preparadas.

–Dudo de que lo encuentre entre este montón de basura.

Montero contempló a los muertos en vida, que formaban la hilera y, tras coger la antorcha del guardián, empezó a recorrer con parsimonia la fila de condenados. La vacilante llama iluminó sus rostros demacrados. Montero pasó ante un viejo canoso que mantenía la cabeza gacha, continuó y se detuvo. A continuación retrocedió y alzó la barbilla del anciano para escrutar su cara. Todo en aquel hombre era gris: su largo cabello enmarañado, la barba, la piel pálida, los inexpresivos ojos...

Montero siguió con su inspección, sin percatarse de que el viejo era Diego de la Vega. Veinte años en aquel pozo carente de luz y aire le habían convertido en un animal harapiento.

Montero dudaba. ¿Sería Diego aquel individuo? En aquel momento el idiota del guardián habló:

–Si alguno de vosotros fue en otro tiempo el hombre conocido como el Zorro, que lo diga.

Una voz trémula sonó en la oscuridad.

–¡Yo soy el Zorro!

Rafael Montero se sorprendió y avanzó en dirección a la voz alzando la antorcha. Vio la cara de un anciano flaco y descarnado, que agitó una espada imaginaria en el aire.

–Me quitaron la máscara, la espada y el caballo –exclamó.

–¡Calla, piltrafa maloliente!

Montero se volvió y observó a un robusto negro que le sonreía.

–Yo soy el Zorro –gruñó el negro–. Soy el hombre que buscas.

–¡Mentiras, sólo mentiras! –vociferó alguien. Montero alzó la antorcha y vio un rostro picado de viruelas–. Eres demasiado alto. Yo soy el Zorro. ¡Llevadme!

–¡No, yo soy el Zorro!

–¡No, soy yo!

–¡Yo soy el gran Zorro!

De pronto todos los prisioneros empezaron a gritar el nombre del Zorro. Sus voces resonaban en la cabeza de Montero, que huyó de aquellos rostros horribles, expulsado por el poder del nombre del Zorro.

Montero corrió hacia la escalera. Cuando salió de la cárcel, Love lo esperaba junto a los caballos.

–¿Le ha encontrado? –preguntó.

Montero, que todavía temblaba, le lanzó una mirada furiosa.

–Volvamos al barco.

Al presenciar la rápida huida de Montero, Ordaz, el jefe de la guardia, meneó la cabeza. Como todos los capitostes, pensó Ordaz; entran, crean problemas y se marchan para que otro se encargue de solucionarlos.

Ordaz se volvió hacia sus hombres.

–¡Encerradles!

Los guardias empujaron con rudeza a los prisioneros hacia las celdas, les colocaron los grilletes en los tobillos y cerraron con llave las puertas. Pese a la brutalidad del trato, los presidiarios seguían exclamando «¡Zorro! ¡Zorro!».

Diego era el único hombre que no gritaba. Su corazón latía con un entusiasmo casi olvidado, incluso cuando le arrojaron al suelo y le encadenaron las piernas intuía que su momento había llegado por fin.

En la celda contigua, Ordaz propinó un fuerte empujón al último prisionero, el viejo que había sido el primero en afirmar que era el Zorro. El anciano fue a parar contra la pared y cayó como un saco de huesos, muerto.

Ordaz examinó los ojos sin vida del hombre, abiertos de par en par, y llamó a un guardia.

–¡Sácale de aquí antes de que empiece a apestar!

El guardia agarró el cadáver por las piernas y lo arrastró por el pasillo de piedra. Ordaz lo vio salir y paseó la mirada alrededor, de espaldas a la celda de Diego.

Fue un error.

Con una velocidad vertiginosa, Diego lanzó el cinturón de cuerda de sus pantalones y le rodeó el cuello. Ordaz intentó pedir ayuda, pero no le salió la voz. El preso tiró con fuerza de la soga y la cabeza del guardia se estrelló contra los barrotes de hierro.

Ordaz cayó al suelo.

Diego se apoderó de su llavero, abrió la puerta y le arrastró al interior. Con una sonrisa en los labios, escogió otra llave para librarse de los grilletes. No funcionó.

La sonrisa de Diego se convirtió en una mueca de desesperación mientras probaba todas las llaves. Ninguna encajaba. Presa de la desolación, arrojó el llavero y, tras reflexionar unos segundos, registró a Ordaz en busca de algo que pudiera utilizar para liberarse. Encontró una daga en la bota y trató de abrir la cerradura de los grilletes con la punta. No dio resultado. Después intentó arrancar la anilla de la pared, sin éxito.

Diego bajó la cabeza con abatimiento y se fijó en algo que colgaba del cinturón de Ordaz. Se trataba del cuerno donde guardaba la pólvora. Con manos temblorosas, Diego vertió una pequeña cantidad en el ojo de la cerradura de los grilletes. Rasgó un trozo de la camisa de Ordaz para apretar la pólvora y a continuación se envolvió el pie con el resto de la tela para protegerse.

Una bolsa que colgaba del cinturón de Ordaz contenía el pedernal. Diego lo frotó contra la daga. La pólvora introducida en la bocallave empezó a arder sin llama. El hombre avivó la pequeña chispa, y la tosca mecha no tardó en crepitar.

Diego interpuso el cuerpo inerte de Ordaz entre él y la improvisada bomba para protegerse.

¡Pum! La explosión destruyó la cerradura y abrasó la pierna de Diego, que arrancó el trozo de camisa en llamas del pie, con los dientes apretados, y ahogó un grito cuando la tela se desprendió de su carne ensangrentada. Por suerte, conservaba todos los dedos. Los movió para asegurarse de que todavía obedecían a los dictados de su cerebro.

Ordaz no había tenido tanta suerte. Un enorme pedazo de metal sobresalía de su pecho. Diego le apartó a un lado sin el menor remordimiento. Se levantó y se encogió al sentir una punzada en el pie. Echó un vistazo a las botas de Ordaz y observó que eran de su tamaño.

Después de la cena dos guardias volvieron para enterrar al prisionero muerto. Uno cargaba al hombro un saco de lona vacío. Diego oyó sus pasos y entró cojeando en la celda donde yacía el cadáver del viejo. Jadeando a causa del esfuerzo, lo acercó a la entrada.

Los guardias abrieron la puerta de la galería y sin ninguna prisa recorrieron el pasillo; los muertos siempre esperaban. Cuando llegaron a la celda del anciano, procedieron con eficiencia, introduciendo el cuerpo en el saco de lona, que se llevaron a rastras. Cuando pasaron ante la mazmorra de Diego, no repararon en que allí yacían dos cadáveres: el del viejo y el de Ordaz, descalzo.

El cementerio se encontraba junto a la prisión de Talamantes. Hileras de cruces torcidas brillaban como fantasmas atrapados por la luz de la luna. Cuando los guardias llegaron, resoplaban a causa del esfuerzo. Transportaron el saco hasta una tumba recién abierta, lo arrojaron a la fosa y, sudorosos, se apresuraron a llenarla de tierra. Tras respirar unos minutos el aire fresco de la noche, regresaron a la cárcel.

Cuando sus pasos se perdieron en la distancia, el silencio cayó como nieve sobre el campo santo.

Un extraño sonido quebró la quietud.

El montículo de tierra de la tumba recién cavada se agitó a la luz de la luna y de repente se hundió como un huevo roto. Una mano huesuda, armada con un cuchillo, emergió de la tierra y se alzó hacia el cielo.

Diego, casi asfixiado, acuchilló el saco. A medida que lo rasgaba, la tierra que caía se le introducía en la nariz y la boca. Se esforzó desesperadamente por librarse de su sudario.

Por fin se incorporó en el túmulo. Tosió, mientras la tierra se desprendía de su cuerpo, intentando aspirar un poco de aire. Con el fin de recuperar el aliento, permaneció sentado unos minutos, como un espectro que tomara un baño de luna, y una lenta sonrisa, que habría horrorizado al mismísimo demonio, apareció en su rostro fantasmal.

Trató de ponerse en pie, pero su pierna cedió a causa del intenso dolor. Respiró hondo y paseó la vista alrededor. Arrancó una cruz cercana y se la colocó bajo el brazo. La utilizó a modo de muleta para avanzar renqueando, calzado con las botas de Ordaz, hasta los caballos atados al poste que se alzaba al borde del cementerio.

5

De día, la ensenada donde estaba anclado el barco de Rafael Montero brillaba como un cristal azul.

Las chalupas avanzaban hacia la playa, donde se había congregado una multitud. Varios comerciantes exponían sus productos. Los cazadores vendían pieles y los vaqueros mejicanos ofrecían piezas de cuero dispuestas en montones. Un pequeño grupo de campesinos observaba las maniobras de las embarcaciones. Aunque les habían pagado para estar allí, no se mostraban muy contentos.

Una cuadrilla de caballeros se mantenía un tanto apartada del resto. Eran rancheros ricos y poderosos, ataviados con sus mejores galas, abundantes en adornos plateados. Todos esperaban al ex gobernador, don Rafael Montero.

Cuando la primera chalupa arribó a la playa, una solitaria figura se adelantó. Don Luis había envejecido y tenía un ojo velado, pero aún caminaba bien erguido. Cuando Montero bajó de la nave, don Luis levantó los brazos.

–¡El gobernador ha llegado! –anunció–. Bienvenido a casa, don Rafael. Ha pasado mucho tiempo.

–Gracias, don Luis –dijo Montero al tiempo que le abrazaba.

–En cierta ocasión –susurró don Luis–, aseguró que me

había favorecido más que a los demás. Considere esto la disculpa de un idiota por haber dudado de usted. –Deslizó una bolsita en la mano de Montero.

Cuando Montero la abrió, vio una pepita de oro puro del tamaño de un huevo. Dirigió a don Luis una mirada de astucia, y éste habló en voz lo bastante alta como para que los demás le oyeran:

–Acompáñeme. Una multitud se ha congregado para darle la bienvenida.

Los obedientes campesinos avanzaron arrastrando los pies, con escaso entusiasmo. A una señal de don Luis, una orquesta comenzó a tocar una animada marcha, mientras los rancheros, aplaudiendo y lanzando vítores, corrían para recibir a Montero.

A diferencia de los demás, un hombre no sonreía mientras se abría paso entre los curiosos. Caminaba con agilidad, pese a su leve cojera. Diego de la Vega, en otro tiempo conocido como el Zorro, se acercó a su enemigo. Llevaba en el cinturón la daga que había utilizado para salir de la tumba. Sus ojos brillaban con un único deseo: matar a Montero.

–Tiene buen aspecto, señor Peralta –observó Montero, estrechando la mano del ranchero que encabezaba el grupo.

Después de saludar a todos los hacendados, echó un vistazo al gentío e hizo un gesto a los que aún aplaudían.

–Por favor, ya sé que no se alegran de verme –declaró–, de manera que dejémonos de fingimientos.

Sorprendidos, los terratenientes cambiaron miradas nerviosas. Los comerciantes y campesinos también quedaron perplejos. Tras unos minutos de silencio, se oyó una ordinaria voz femenina.

–¿Servirá de algo que vitoreemos su nombre? –exclamó con sorna–. ¡Viva Montero! ¡Viva Montero!

Replicó un coro de carcajadas roncas. Las aclamaciones adquirieron un tono aún más burlón. Los hacendados echaban pestes, pero Montero recibió el desafío con una sonrisa relajada.

–Adelante. ¡Tenéis derecho a reír! –afirmó Montero ante la muchedumbre–. Sé que os han pagado, incluso amenazado, para que os expongáis al sol ardiente y me deis la bienvenida.

–¡No, no, no! –intervino don Luis–. Estas gentes os profesan el mayor respeto...

–No me halague, don Luis –interrumpió Montero con una sonrisa irónica–. Carecen de motivos para respetarme. –Se volvió hacia el populacho–. Permitidme que os diga esto: comprendo vuestros sentimientos.

Esa declaración despertó el interés de los allí reunidos. Hasta la orquesta dejó de tocar. Diego continuó acercándose, con la vista clavada en Montero, preparado para atacar.

–¿Qué aprecio pueden inspiraros vuestros gobernantes, pasados o futuros? –prosiguió Montero, gesticulando–. Los españoles os oprimieron, los mejicanos no os hicieron caso. Los hacendados..., bien, parece que se contentan con engañaros.

Los terratenientes lo miraban con estupefacción.

–Permitidme que os plantee una pregunta: ¿alguien os ha ayudado alguna vez? –inquirió Montero.

–¡El Zorro! –contestó una voz–. ¡El Zorro luchaba por el pueblo!

Diego quedó petrificado al oír aquella voz conocida y miró alrededor. Entonces lo vio. El tiempo no había logrado reducir la gran cara de luna de fray Felipe. El robusto monje seguía siendo tan deslenguado como siempre.

Montero también quedó petrificado al escuchar el nombre del Zorro y los vítores entusiastas que había suscitado. Pese a la punzada de miedo que le acometió, conservó la calma y siguió hablando:

–¿Dónde está ahora, padre? Hace veinte años que su amigo enmascarado no da señales de vida.

Un murmullo de aprobación se elevó de la multitud. Diego se aproximó más a Montero, al acecho de su oportunidad.

–Pueblo de California –prosiguió don Rafael–, no podemos confiar nuestro bienestar a líderes ausentes o héroes desaparecidos. Ha llegado el momento de tomar las riendas del destino, no como españoles, ni como mejicanos. ¡Como californianos!

La multitud prorrumpió en aplausos. El único que no sonreía era Diego. Incapaz de encontrar un ángulo de ataque propicio, se disponía a intentar una maniobra desesperada.

–He acudido ante vosotros sin máscara –dijo Montero, convencido de que se había ganado el favor de la muchedumbre–, sólo con el compromiso solemne, real, de ayudaros a combatir por una California libre e independiente.

El discurso de Montero mereció una ovación cerrada. Todos los presentes aplaudían y vitoreaban, excepto dos hombres: fray Felipe y Diego de la Vega.

Cuando Diego se disponía a apuñalar a Montero, un trío de hacendados rodeó a éste.

Unos minutos más de vida, pensó Diego, pero morirás muy pronto. Se colocó detrás de Montero y esperó a que un caballero, tan alto como ancho, se apartara.

–Con el debido respeto, señor –susurró don Héctor–. Si declaráramos la guerra a Santa Anna, seríamos aplastados.

Montero exhibió una sonrisa beatífica.

–Claro que sí –concedió.

Los terratenientes se miraron con cierta perplejidad e

interés. Don Héctor se apartó y proporcionó a Diego la oportunidad que esperaba. Había llegado el momento.

Diego echó el brazo hacia atrás, y el cuchillo centelleó a la luz del sol.

–Padre.

Diego se detuvo al oír una voz femenina, idéntica a la de Esperanza, y se volvió al mismo tiempo que Montero. Parpadeó con incredulidad y casi se desvaneció al verla. Su amada Esperanza caminaba hacia él. Poco a poco su embotado cerebro comprendió. La joven era Elena, su hija.

Como en trance, la observó mientras se acercaba. Casi esperaba que le reconociera y le abrazara, pero la muchacha pasó de largo, sin fijarse en el avejentado Diego, rozándole el hombro cuando corría hacia los brazos de Montero.

–Caballeros –anunció con orgullo don Rafael–, permítanme que les presente a mi hija Elena.

Una persona salió de la multitud, ahora más amable, para ofrecer a la recién llegada un ramo de flores. Elena sonrió y, al aspirar su aroma, una extraña expresión apareció en su rostro.

–¿Alguien puede decirme cómo se llaman estas flores? Su fragancia me resulta familiar.

Diego las conocía; eran las mismas que habían colgado de la cuna de Elena veinte años antes, pero era incapaz de hablar. No había visto a su hija desde la noche en que asesinaron a Esperanza.

Don Luis dio un paso adelante.

–Sí, señorita. Son amapolas, pero de una especie que sólo crece en California. Dudo de que las conozca, pues creo que ésta es la primera vez que visita nuestra tierra.

Elena volvió a oler las flores, hechizada por una extraña sensación. El perfume le resultaba tan familiar...

Diego reconoció la expresión de Elena, la misma que adoptaba Esperanza cuando se sentía confusa. Abrumado por las emociones, dejó que la daga resbalara de su mano.

Ya no podía matar a Montero, destruir a su odiado enemigo, porque Elena había llegado a quererle, confiaba en él, le creía su padre. El harapiento anciano lanzó una última mirada a su amada hija antes de desaparecer como un fantasma.

La cantina se componía de dos paredes, un techo de paja, una tosca barra de madera donde se servían el whisky y la cerveza y unas pocas sillas y mesas. Los parroquianos gozaban de una vista sin obstáculos de la calle polvorienta.

Alejandro estaba sentado, con los ojos turbios y medio borracho. Golpeó la mesa con el vaso vacío.

–¡Más whisky, o como llames a esto!

El tabernero le llevó una botella.

–Llénalo –gruñó Alejandro al tiempo que empujaba el vaso hacia él–. No quiero ver el culo de este vaso.

El hombre se encogió de hombros.

–Primero paga.

Alejandro hurgó en sus bolsillos con furia, murmurando para sí, y sacó las manos vacías. El dueño de la cantina meneó la cabeza antes de alejarse. Desesperado, Alejandro le cogió del brazo.

–¿Qué te parece esto? –inquirió enseñándole el medallón de Joaquín.

El tabernero lo estudió.

–¿Plata? –preguntó con escepticismo.

–¡Pues claro! –exclamó Alejandro–. De la más fina. Plata corintia. ¿Es que no lo ves?

El hombre se rascó el bigote, dudando todavía. Corintia o no, parecía plata auténtica. Valía un vaso más, como mínimo. Sirvió más whisky a Alejandro e hizo ademán de coger el medallón.

Una mano huesuda se cerró alrededor de la joya.

El tabernero levantó la vista, irritado, y Diego le fulminó con la mirada mientras permanecía inmóvil, apoyado en un bastón, con el medallón entre los dedos, desafiándole a cogerlo.

El violento brillo que despedían los ojos del anciano convencieron al cantinero de que debía rendirse. Diego miró a Alejandro.

–¿De dónde has sacado esto?

El joven bebió un trago antes de responder:

–Era de mi hermano. Está muerto.

Diego meneó la cabeza.

–Lo lamento.

–¿Que lo lamenta? –exclamó Alejandro–. ¿Por qué?

Diego sabía muy bien qué sentía: amargura, soledad, ira. Había vivido la misma experiencia. Dos veces. Consciente de que no serviría de nada explicárselo a Alejandro, examinó el medallón con detenimiento y reparó en una diminuta mancha de sangre.

–No deberías cambiarlo por un simple vaso de whisky.

Alejandro arqueó las cejas.

–¿Por qué no? ¿Cree que podría conseguir dos?

Rió de su chiste malo y golpeó la mesa con los puños. De repente la risa se heló en su boca, y se sentó muy erguido, como si hubiera visto un demonio.

Un escalofrío recorrió el cuerpo de Alejandro como una navaja afilada cuando vio al capitán Love al otro lado de la plaza. Se levantó sin pronunciar palabra y cogió su espada, dispuesto a salir.

Diego le agarró por el hombro.

–¿Quién es ése?

–El hombre que mató a mi hermano.

Quiso continuar su camino, pero Diego le empujó hacia la pared. Alejandro parpadeó. Aquel anciano loco era fuerte.

–Estás borracho y furioso –observó con calma Diego–. No estás en condiciones de luchar contra un soldado profesional.

–Apártate de mi camino, viejo –advirtió Alejandro. Miró hacia la plaza; estaba vacía. Love había desaparecido–. Se ha ido. ¡Viejo idiota! –espetó Alejandro–. ¡Se me ha escapado!

Diego le puso el bastón en el pecho.

–Tal vez te gustaría demostrarme tus habilidades.

Una rabia asesina se impuso a la pena y la frustración de Alejandro, que se lanzó sobre Diego blandiendo la espada. Éste la apartó con el bastón y retrocedió. Su adversario giró en redondo y cayó de culo.

Furioso, se levantó despacio y atacó por sorpresa. Sin apenas moverse, el anciano repelió la estocada con el bastón y, con un veloz movimiento, arrancó el arma de la mano de su rival y la cogió antes de que tocara el suelo. Mientras Alejandro retrocedía, le golpeó con el bastón, y el joven se desplomó.

Diego se acercó a Alejandro sonriendo.

–¿Quieres probar de nuevo?

Alejandro negó con la cabeza, totalmente derrotado.

–Deberías darme las gracias –añadió Diego.

Alejandro se incorporó.

–¿Por qué?

–Por salvarte la vida.

La rabia de Alejandro se inflamó de nuevo.

–¡Le habría matado!

–Hoy no –aseguró Diego con un suspiro–. Está entrenado para matar. Tú pareces entrenado para beber. Habrías luchado con valentía... –Alejandro asintió e hinchó el pecho–. Y habrías muerto en un abrir y cerrar de ojos. Entonces ¿quién vengaría a tu hermano?

La pregunta hirió el orgullo de Alejandro.

–Habría conseguido vencerle –fanfarroneó–. Nunca he perdido una pelea.

Diego sonrió.

–Excepto con un viejo lisiado.

Alejandro apartó la vista, avergonzado.

El anciano se acercó a él.

–Dice un refrán que, cuando el alumno está preparado, el maestro aparece. Si quieres matar a ese hombre, yo te enseñaré... a moverte, a pensar; a vengarte y a vivir para celebrarlo. –Diego miró a Alejandro a los ojos–. Se precisan tiempo y dedicación. ¿Tu enemigo estará menos muerto si le matas más tarde?

–¿Por qué me ofreces tu ayuda?

Diego se arrodilló a su lado y le colgó el medallón.

–Porque una vez tú me echaste una mano.

Alejandro recordó aquel día tan lejano y comprendió. Observó el rostro del anciano, los ojos feroces, la boca curva.

–Usted es el Zorro –afirmó al tiempo que se enderezaba.

Diego no replicó.

–Creía que había muerto.

Una expresión sombría apareció en los ojos del viejo.

–Lo estuve –murmuró.

6

Habían cuidado bien la vasta propiedad de Rafael Montero durante su ausencia. Los jardines estaban impecables, y la enorme mansión resplandecía como el palacio de un rey.

Se había organizado una carrera de obstáculos para divertir a los invitados de Montero. El capitán Love y otro jinete galopaban entre dos hileras de postes de madera. En cada uno de ellos había clavada una calabaza que los competidores rebanaban mientras cabalgaban. Ambos jinetes demostraban una gran habilidad con la espada y el caballo.

Había dos espectadores, Montero y don Luis, que paseaban por los exuberantes jardines. El primero examinaba una lista de invitados y de vez en cuando alzaba la cabeza para observar a los dos contendientes.

–Es una lista provisional –explicó don Luis–. Todos los hacendados han contestado, excepto Lara y Obregón.

Montero soltó un bufido.

–Procura que vengan. Quiero que todos los terratenientes de California acudan a este banquete.

–Por supuesto –replicó don Luis al tiempo que guardaba el papel.

Continuaron paseando mientras observaban la carrera.

–Necesito que me hagas otro favor, Luis –dijo Montero con tono despreocupado. Se acercó más a su acompañante–. Quiero que visites al general Santa Anna.

Don Luis se detuvo al instante.

–¿Santa Anna?

–Para informarle de que he llegado y de que me pondré en contacto con él dentro de unos días.

Don Luis frunció el entrecejo.

–No lo comprendo, Rafael. ¿Por qué quieres avisar a Santa Anna de tu llegada?

Montero se mostró irritado.

–Por favor, Luis. No pongas en tela de juicio todo lo que te pido. –Volviendo la vista hacia los jinetes, agregó–: Hazlo, sencillamente.

El capitán Love iba en cabeza, pero su rival le pisaba los talones. Avanzaron al galope hacia la línea de meta, y Love ganó por escasos centímetros.

Montero observó al segundo jinete sin dar crédito a sus ojos. ¡El consumado espadachín no era otro que su hija Elena!

Se encaminó con paso airado hacia la joven, que recibía las felicitaciones del capitán Love. A juzgar por la expresión de cordero degollado que mostraba su rostro, por lo general impenetrable, era evidente que el capitán se sentía fascinado por la encantadora Elena.

–Ha estado espléndida, señorita Montero –le comentó con cortesía–. Casi me gana.

Ella le dedicó una sonrisa traviesa.

–Apenas si podía seguirle el paso.

Aunque estaba claro que la joven no necesitaba ayuda para bajar de la silla, el militar se apresuró a prestársela.

–No, no –insistió el hombre–, ha estado brillante.

Elena, halagada, le dirigió una sonrisa turbadora.

–Gracias, capitán.

Montero se acercó. Love estaba demasiado embelesado con Elena para advertir su ira.

–Su hija es un jinete excelente, don Rafael..., teniendo en cuenta que es una mujer.

El comentario sublevó a Elena. Su padre también estaba furioso, pero por otros motivos.

–Me alegro de que la considere capacitada para medirse con usted, capitán Love –replicó Montero con sarcasmo–. Tal vez la próxima vez desee pelear a puñetazos con ella.

Love parpadeó con perplejidad.

–¡Padre! –exclamó Elena, sorprendida.

–No era mi intención faltarle al respeto, señor –balbuceó Love–. Yo...

–Le contraté para dirigir mi ejército –interrumpió Montero–, no para alentar a mi hija a ponerse en ridículo en público.

–Padre, por favor. ¡Yo le desafié! –terció Elena.

Montero lanzaba miradas acusadoras a Love.

Elena le cogió del brazo.

–Le pido disculpas, capitán Love.

Tras estas palabras, se alejó con su padre, a quien sujetaba con firmeza. Caminaron en silencio, y al cabo de unos minutos Montero se inclinó hacia su hija.

–Le has dejado ganar, por supuesto –murmuró.

Elena sonrió.

–Por supuesto.

A diferencia de la hacienda de Montero, nadie había cuidado de la cueva secreta de Diego en los últimos veinte años. Todo estaba podrido, oxidado o roto.

No obstante, algunas cosas se habían salvado de los estragos del tiempo. El suelo elevado de mármol en forma de círculo seguía intacto, al igual que un alto mástil de barco, con sus palos y foques sujetos mediante obenques. La red de cuerdas semejaba una inmensa telaraña. La estructura constituía un gigantesco gimnasio, diseñado para poner a prueba la agilidad acrobática y la fuerza.

Diego recorrió la estancia con parsimonia, seguido de un pasmado Alejandro, que susurró:

–No puedo creerlo. Nunca pensé que un día entraría en la guarida del Zorro.

Con cierta vacilación, subió por la corta escalera y cruzó el amplio círculo de mármol liso, que presentaba un dibujo familiar bajo una capa de polvo: varios círculos dentro de uno mayor.

Alzó el medallón que colgaba de su cuello. Tenía grabado el mismo diseño que el suelo de mármol.

Diego seguía paseando por la caverna, inspeccionando los efectos del tiempo. Recogió algo y sopló ligeramente para retirar el polvo.

–Cuando eras un niño, Rafael Montero era el gobernador de California. –Miró a Alejandro–. ¿Te acuerdas?

–Sí –respondió Alejandro, sosteniéndole la mirada–. Sus soldados mataron a mucha gente, y era el enemigo más implacable del Zorro.

Diego asintió.

–Montero ha vuelto y tiene nuevos planes para California. De lo contrario, no habría contratado a tu capitán Love. Hemos de averiguar en qué consisten.

–Y después, ¿qué? –preguntó Alejandro.

Diego sonrió.

–Después, si estás preparado, tentaremos al destino.

Alejandro desenvainó la espada ante la mención del odiado capitán Love.

–¡Empecemos ya!

–¿Sabes utilizarla?

–La punta atraviesa al contrincante –contestó Alejandro, que se sintió insultado por la pregunta.

Diego exhaló un largo suspiro.

–Tendremos que trabajar de firme. –Blandió su espada y, tras situarse en el círculo de mármol, miró a Alejandro–. Éste es el círculo de aprendizaje de la Escuela Española de Esgrima. A partir de ahora será tu mundo, tu vida –anunció–. Hasta que yo diga lo contrario. –Trazó con el acero una amplia circunferencia en el polvo–. Fuera del círculo... –Hizo una pausa y levantó la vista, con los ojos destellantes–. No hay nada.

–El capitán Love está fuera –murmuró Alejandro, apenado todavía por la muerte de su hermano.

–No hay nada fuera de él –repitió Diego–. Hasta que yo te lo diga, el capitán Love no existe. –Respiró hondo y suavizó su tono–. La venganza puede ser un amo cruel. Por más que pienses que te inspira, al final nublará tu juicio, y traicionará tu ataque.

Mientras hablaba, Diego empezó a moverse en círculos cada vez más cerrados.

–A medida que mejore tu pericia con la espada, progresarás hasta un círculo más pequeño, te acercarás más a tu enemigo, te acercarás más a la justicia.

Alejandro sonrió, fascinado.

–Me gusta esta parte –declaró.

Diego se aproximó más a Alejandro, alzó la espada y apoyó la punta en el centro del medallón que colgaba de su cuello, en el círculo interior.

–Avanzarás hasta este círculo –prosiguió el anciano–, la distancia perfecta para lanzar la estocada, donde no hay tiempo de ver y reaccionar; donde sólo puedes confiar en tu adiestramiento, tus instintos y tu velocidad.

Diego levantó la espada.

–¿Empezamos?

Con esa palabra se inició el reto más difícil a que Alejandro se había enfrentado jamás. Cada día aportó una nueva forma de tortura.

Debía caminar por una delgada viga de madera flanqueada por pesados sacos de grano, que, colgados de postes, oscilaban como garrotes almohadillados sobre el travesaño. Alejandro se detuvo para dejar que uno pasara delante de él, y avanzó de un salto, esquivando por poco el saco, que pasó rozándole la cara. Saltó de nuevo, pero demasiado tarde. Un pesado fardo le golpeó de lleno en la cabeza, y Alejandro cayó.

Practicar la esgrima con Diego no resultó menos penoso. De hecho, fue como una reyerta. Confiando en su fuerza bruta, Alejandro atacó al maestro, que se zafó y le asestó un mandoble en el estómago. Cuando Alejandro se dobló, Diego le envió al suelo de un puntapié, y el joven quedó boqueando como un pez.

Después vino la prueba del látigo. Alejandro se situó en el borde del círculo exterior. Diego, en el centro. El primero arremetió y mantuvo su posición. Diego hizo chasquear su látigo y le arrancó un botón de la camisa. Demasiado cerca.

Alejandro probó de nuevo. Esta vez, la fusta de Diego le cortó la manga. Su contrincante retrocedió y calculó la distancia. En esta ocasión el látigo de Diego restalló a unos dos centímetros de sus dedos. Posición perfecta.

Aun después de varias semanas, Alejandro no lograba superar a Diego en el arte de la esgrima. Atacaba con toda su fuerza, su maestro retrocedía unos treinta centímetros, y ¡cranc!, la espada del discípulo volaba de su mano y se alejaba dando vueltas por el suelo.

El peor ejercicio de todos era la prueba de fuerza. Dos veces al día Alejandro adoptaba la clásica posición de «plancha» entre dos barras de madera. Tenía que arquear la espalda y aguantar el peso de su cuerpo sólo con las puntas de los dedos. Debajo de él había dos velas encendidas. Cada vez que descendía unos centímetros, las llamas añadían una nueva cicatriz a su pecho.

Para cerciorarse de que realizaba bien el ejercicio, Diego se sentaba a su lado, con las piernas apoyadas cómodamente en la espalda de Alejandro. Mientras leía un libro, hacía caso omiso de los gritos que profería el joven cuando se acercaba demasiado a las llamas.

A medida que pasaba el tiempo, la pericia de Alejandro aumentaba. Aprendió a calcular el momento más adecuado para efectuar un movimiento, a contraatacar... De todos modos Diego siempre ganaba, aunque cada vez le costaba más.

Cuando Alejandro creía que ya dominaba el arte de la esgrima, Diego introdujo una nueva prueba. Cortó varios cuadrados de tela, sostuvo uno en alto, al lado de la pared, y lo dejó caer. Alejandro lanzó una estocada... y falló. Diego arrojó otro, y su discípulo erró de nuevo.

A la cuarta intentona, Alejandro lo ensartó y clavó en la pared. A la quinta repitió su hazaña.

Después de semanas de agotador adiestramiento, Alejandro ya se había convertido en un experto. Se movía con una velocidad increíble alrededor del círculo de aprendizaje, su espada centelleaba cuando repelía las estocadas de Diego. Un día incluso arrancó la espada de las manos de su maestro, como éste le había arrebatado la suya en su segundo encuentro.

–¿Y bien? –dijo Alejandro, incapaz de reprimir una expresión de complacencia.

Diego esbozó una tímida sonrisa.

–Tal vez algún día llegues a ser un buen espadachín.

Alejandro se sentía como si le hubieran concedido una medalla como premio.

Diego cruzó la sala en dirección a la mesa donde guardaba sus objetos sagrados: la pesada cruz dorada y el rosario con gemas engastadas, así como un par de candeleros de oro. Sin pronunciar palabra, los introdujo en un saco.

–¿Qué hace? –preguntó Alejandro–. ¿No son...?

El anciano se encogió de hombros con impaciencia.

–No significan nada. Son bagatelas. Los cambiaré por comida y bebida. Lo único que importa es que vamos avanzando.

El tono autoritario de su voz atajó cualquier otra protesta, pero Alejandro sabía cuánto significaban esos objetos para Diego. Constituían su único vínculo con el pasado.

Tras largas semanas de aprendizaje en la caverna, representó un auténtico placer ir a la ciudad. Alejandro, que se había afeitado la barba para la ocasión, no guardaba ya ningún parecido con la imagen del cartel en que se ofrecía una recompensa por su captura.

Disfrazado con unas ropas sencillas, Diego condujo la pequeña carreta tirada por una mula hasta la plaza de la ciudad, mientras Alejandro se acurrucaba en la parte posterior, con el sombrero bajado sobre la cara. El saco de los objetos sagrados descansaba a su lado.

Los dos hombres levantaron la cabeza al oír el retumbar de cascos de caballos a sus espaldas.

Un cabo y dos soldados conducían a cinco caballos salvajes por la calle. Alejandro reconoció al rechoncho cabo García.

Como de costumbre, los soldados se mostraban arrogantes, y los transeúntes se dispersaron cuando entraron en la plaza.

Alejandro observaba con atención el espléndido corcel

negro que García montaba. De repente, el animal se encabritó, y el cabo cayó de la silla.

Liberado de la cuerda, el caballo corrió desbocado por la plaza, creando el caos entre los vendedores. Las cestas de fruta se volcaron, los puestos se derrumbaron y la gente echó a correr en todas las direcciones.

Diego seguía sentado, con la vista clavada en el corcel.

–Un andaluz negro –murmuró–. Magnífico.

–Se parece a su antiguo caballo, *Tornado*.

Diego asintió.

–De hecho, parece su fantasma.

Algunas mujeres chillaron cuando el corcel pateó una caseta llena de pañuelos y chales de alegres colores. Entretanto, un carruaje se detuvo en las cercanías. El señor Peralta y su esposa se apearon del vehículo y se interpusieron en el camino del caballo enloquecido.

La pareja, vestida con sus mejores galas, quedó petrificada cuando el caballo se precipitó hacia ellos, al tiempo que sus cascos levantaban nubes de polvo.

7

Alejandro saltó al instante de la carreta y cayó entre el corcel y la aterrorizada pareja. Sin apresurarse, empujó al matrimonio hacia el interior del carruaje y se volvió de cara al caballo, que avanzaba al galope hacia él.

Alejandro alzó la mano y murmuró unas palabras. El animal se detuvo en seco y se encabritó. Sus cascos se cernieron amenazadores sobre la cabeza de Alejandro, quien, sin demostrar el menor miedo, siguió susurrando, al tiempo que se acercaba al corcel. Cuando éste volvió a apoyar las patas delanteras en el suelo, Alejandro le acarició la crin. Sus murmullos recordaban los que se utilizan para dormir a los niños. Al cabo de unos minutos, el animal se mostraba tan manso como un cordero.

García se puso en pie trabajosamente. Furioso por haber hecho el ridículo en público, se apresuró a agarrar la cuerda del corcel. Lanzó a Alejandro una mirada de inquina y arrastró tras de sí al animal por la plaza.

Alejandro apenas si se fijó en García, absorto como estaba contemplando al caballo. Detrás de él, el señor Peralta titubeó antes de bajar del carruaje, temblando todavía de miedo.

–Me ha salvado la vida, joven –afirmó con voz entrecortada el hacendado.

Alejandro sonrió con cortesía.

–Ha sido un placer, señor.

Para demostrar su gratitud, Peralta introdujo la mano en el bolsillo y en un alarde de generosidad arrojó a Alejandro su recompensa: un peso.

Alejandro hizo una reverencia.

–Gracias, su majestad.

El señor Peralta, que dudaba de si el joven se había burlado de él, tomó del brazo a su mujer y se alejó a toda prisa.

Mientras Alejandro se agachaba para coger el peso, reparó en los pañuelos de alegres colores que se agitaban por toda la plaza. En aquel momento uno negro se le enrolló en el tobillo. Lo recogió y regresó con parsimonia a la carreta.

Diego estaba irritado.

–¿Cómo has sido tan imprudente? Han puesto precio a tu cabeza. Cualquiera habría podido reconocerte.

Alejandro le arrojó la moneda.

–Ha valido la pena.

–¿Por un miserable peso?

Con una sonrisa enigmática, Alejandro se introdujo la mano bajo la camisa y con suma discreción, procurando que no le vieran, extrajo un billetero, un collar de rubíes, un anillo de oro, un brazalete de diamantes y otros objetos que había arrebatado al señor Peralta y su esposa mientras los empujaba para ponerlos a salvo.

–Tal vez pueda enseñarle algunas cosas, don Diego –afirmó con presunción–. No estoy seguro de que el alumno esté preparado –añadió con una sonrisa burlona–, pero el maestro sí. –Su rostro adoptó una expresión seria mientras señalaba el saco que contenía los objetos sagrados de Diego–. Ya puede guardar esas baratijas que no significan nada para usted.

A continuación depositó todo el botín, que incluía un documento de aspecto oficial, en las manos del sorprendido Diego. Alejandro enrolló el pañuelo negro alrededor de su puño y se alejó.

Diego observó a su discípulo y decidió que ya estaba preparado para la graduación.

El sol, de un rojo oscuro, se ocultó detrás del campanario de la iglesia y arrojó largas sombras sobre la plaza. Una de ellas pareció dividirse lentamente en dos y deslizarse por una calle lateral desierta.

Alejandro miró por los toscos agujeros que había practicado en el pañuelo negro, que llevaba anudado alrededor de la cabeza. Era una máscara provisional, pero serviría.

Su corazón latía como el del niño que había abierto un agujero en la lona negra de la carreta del enterrador, veinte años antes. Pensó en Joaquín. Pronto vengaría a su hermano, pero antes debía resolver otro asunto.

Aguardó a que oscureciera para actuar. Agazapado entre un grupo de caballos amarrados a un abrevadero, se deslizó con sigilo entre ellos y, cuando bajó la vista, vio su reflejo en el agua.

¡Parecía el mismísimo Zorro!

Alejandro realizó una leve reverencia.

–Buenas noches, Zorro. Tienes mejor aspecto que nunca.

Por desgracia, no podía dedicar mucho tiempo a admirarse. Tenía que encontrar el corcel negro y apoderarse de él.

Cogió una soga de una silla de montar, y cuando se volvió un súbito retumbar de cascos le sobresaltó. Un jinete se acercaba al poste con tal rapidez que a Alejandro le resultó imposible ocultarse. Su mano voló hacia la espada. Dio media vuelta, preparado para combatir, cuando el caballo se detuvo. Alejandro alzó la vista y su corazón dejó de latir al ver a lomos de la montura a una hermosa joven. Parecía un ángel oscuro, con su cabello al viento y la cara desencajada por el cansancio de la cabalgada.

Si el ángel chillaba, la nueva carrera de Alejandro concluiría de forma prematura.

Elena no demostró temor al ver al hombre enmascarado. Pese al pañuelo negro que le cubría medio rostro, vio que era guapo, de cabello negro, barbilla pronunciada, labios gruesos y ojos brillantes.

Mientras se observaban, Elena sintió que una corriente eléctrica se producía entre ellos. Al cabo de unos minutos él sonrió y se llevó un dedo a los labios.

–Chist.

Elena entornó los ojos, dispuesta a saltar al menor movimiento sospechoso. De repente su caballo relinchó y comenzó a piafar con nerviosismo. El desconocido lo cogió por la brida al tiempo que murmuraba:

–Chist.

Elena sonrió a su pesar.

–Vaya con cuidado, señorita –susurró el hombre enmascarado–. Rondan tipos peligrosos por los alrededores.

–Bien, si ve alguno, avíseme –dijo ella con aspereza.

El hombre de la máscara sonrió antes de desaparecer como por arte de magia entre las sombras.

Elena escudriñó largo rato las tinieblas con la esperanza de que volviera. Por fin, desmontó, ató el caballo y caminó con lentitud hacia la iglesia.

Cuando la joven entró, Alejandro ya había conseguido llegar al tejado de la iglesia. Todavía recordaba los pasadizos, los atajos y las escaleras secretas que había descubierto de niño.

Desde la cubierta se divisaban con total claridad los establos, adonde un soldado conducía el corcel negro.

Por suerte Alejandro recordaba una ruta que permitía acceder con rapidez a las cuadras. Tomó carrerilla y aterrizó sobre el tejado contiguo.

El soldado no oyó nada, ya que estaba demasiado ocupado sujetando al caballo. García le arrancaría la piel a tiras si se le escapaba. El obeso cabo no merecía una montura como ésa, pensó, pues ya le costaba bastante mantenerse a lomos de una mula.

Después de atar el corcel en una casilla, se encaminó hacia una gran puerta situada al final del establo, que comunicaba con los barracones. De camino, el soldado pasó junto a la fragua del herrero, que disponía de una amplia chimenea donde se atizaba el fuego necesario para forjar las herraduras, pero esa noche estaba apagado.

Cuando el soldado se disponía a entrar en el barracón, Alejandro, cuya cabeza emergió boca abajo del cañón de la chimenea, vio que cerraba la puerta a sus espaldas, y a continuación, utilizando la soga que había cogido previamente, se descolgó hasta el suelo.

Escudriñó la oscuridad e inspeccionó las cuadras. El magnífico caballo negro estaba allí, inmóvil, como si le esperara. Cogió una silla de montar y una brida de una casilla cercana, y avanzó con sigilo hacia el animal, que piafó con inquietud. El ruido de los cascos despertó ecos en el interior. Alejandro miró hacia la puerta del barracón, con la mano sobre el pomo de la espada.

Nada.

Se acercó más al corcel.

–Chist –le susurró al tiempo que le daba una palmada

tranquilizadora–. Voy a concederte el inmenso honor de que seas mi montura.

El caballo le miró con suspicacia.

Alejandro depositó con suavidad la silla sobre su lomo, retrocedió y esperó unos minutos. Al ver que continuaba quieto, ciñó con cuidado la silla y colocó la brida. Mientras acariciaba el hocico del caballo, escrutó sus ojos negros como el carbón. La confianza era mutua.

Estaban preparados.

Sacó al caballo del establo en el instante en que unas carcajadas apagadas se colaban por la puerta del barracón.

Alejandro apoyó un pie en el estribo y, con mucha suavidad, montó. Una vez sentado, contuvo el aliento. El caballo continuó sereno.

–Formamos un solo ser –susurró Alejandro al tiempo que lo azuzaba con el talón.

Fue un gran error.

El animal estalló como un castillo de fuegos artificiales. Piafó, se puso de manos, cargó en todas direcciones, como enloquecido, intentando lanzar a Alejandro por los aires. Al ver que no lo conseguía, se precipitó contra los postes de madera que sustentaban el henal.

–¡Caramba! –gruñó Alejandro, sujetándose con todas sus fuerzas–. ¡Caramba!

Una vez más, el corcel embistió contra el palo de apoyo, y de repente la estructura se desplomó. Las vigas y las balas de heno cayeron sobre Alejandro como un alud.

El barracón donde se alojaban los soldados era muy ruidoso. Había en su interior veinte hombres que se relajaban después de una dura jornada. Algunos yacían en catres arrimados a la pared; otros limpiaban sus fusiles, y los demás jugaban a las cartas y bebían.

Sentado a una larga mesa situada en el centro de la sala, García afirmaba a voz en grito que sus compañeros de juego le habían hecho trampas. Éstos se reían a mandíbula batiente de su orondo cabo, pues todo el mundo sabía que era un desastre con los naipes.

De pronto un estruendo se impuso sobre sus gritos y todos guardaron silencio. García se levantó al instante de la silla y echó a correr hacia el establo, seguido de los demás.

Cuando abrieron la puerta y entraron en tropel, observaron el caos que reinaba en las cuadras. Para colmo, un monstruoso montón de paja se abalanzaba hacia ellos, retorciéndose como un tornado peludo.

Todos retrocedieron como un solo hombre y cerraron la puerta. Mientras García buscaba la llave del arsenal, los demás se apresuraron a coger las espadas, y aquellos que habían estado limpiando los fusiles los recuperaron a toda prisa.

¡Crraaaac! El enorme corcel atravesó la puerta entre una lluvia de astillas, y el heno que arrastraba pareció la cola de un cometa.

Alejandro, aferrado a la bestia, vio soldados por todas partes. Sin darles tiempo a reaccionar, el caballo giró en redondo, pateó alrededor y los hombres cayeron a ambos lados.

Quienes aún continuaban en pie corrieron despavoridos hacia sus catres con la intención de protegerse. Como si pretendiera demostrar que no encontrarían refugio, el caballo se encabritó, arrojó a Alejandro al suelo y acto seguido destruyó toda la fila de camastros con sus cascos delanteros, que se agitaban frenéticamente en el aire. Hombres, jergones, tablas, baúles, todo se derrumbó.

Alejandro se levantó.

–Vaya, crees que puedes hacerlo sin mi ayuda –murmuró.

Cuando el caballo bajó las patas, Alejandro saltó sobre la silla, lo obligó a dar media vuelta y se dirigió hacia la puerta. El corcel la reventó y se perdió en la noche sin su jinete, que se había golpeado en la cabeza con la viga superior del dintel y se había desplomado de nuevo.

Aturdido y sin montura, Alejandro se puso en pie trabajosamente en el instante en que un grupo de soldados se aproximaba con las espadas desenvainadas.

A pesar de la superioridad numérica de su enemigo, las largas semanas de adiestramiento le procuraban ventaja. Desarmó a dos adversarios y apartó hacia un lado la pistola de otro, cuya bala alcanzó a un cuarto soldado.

Mientras se abría paso hasta la puerta rota, reparó en dos hombres que huían y supuso que no tardarían en regresar con refuerzos.

Saltó hacia un lado para esquivar una espada arrojada y se encontró acorralado por cinco soldados. Mientras los mantenía a raya, advirtió que acudían más soldados.

Con el rabillo del ojo vio una puerta abierta, custodiada por un hombre: el obeso cabo. García alzó la pistola al ver que se acercaba. ¡Bam! Erró el tiro e hirió a un hombre que estaba a punto de apuñalar por la espalda a Alejandro. Éste derribó a García y cerró la puerta tras de sí. Los soldados se abalanzaron sobre ella, pero Alejandro ya había echado el pestillo. Paseó la vista alrededor; se había encerrado en el arsenal.

Podría haber sido peor, pensó, mientras contemplaba las pistolas, los fusiles y los barriles de pólvora. Había incluso un pequeño cañón.

¡Pam! Los soldados embestían contra la puerta. Un golpe más, y el pestillo de madera se rompería.

Eran demasiados para repelerlos con la espada o la pistola, pensó Alejandro. Sólo podría derribar a tres o cuatro; por lo tanto, no tenía alternativa. Así pues, cogió un barril de pólvora y procedió a cargar el cañón.

¡Crrraac! El pestillo se partió y ya apenas bloqueaba la puerta. Alejandro se apresuró a introducir una bala de cañón en la gruesa boca de hierro y, en el instante en que la puerta cedía, cogió una antorcha encendida de la pared.

El disparo llenó la habitación de calor y humo. Cuando éste se disipó, Alejandro observó que la pared frontal del edificio había desaparecido. No se veían soldados por ninguna parte.

Arrojó la antorcha y se echó a reír. Pese a que estaba cubierto de polvo y llevaba la tosca máscara torcida, había vencido.

–¡La leyenda ha vuelto! –exclamó.

De pronto, vio una luz brillante con el rabillo del ojo. La carcajada murió en su garganta. La antorcha que había desechado había prendido en la pólvora derramada al cargar el cañón.

El reguero de fuego se dirigía hacia el barril abierto. Sabía que no lograría salir a tiempo, de modo que se decantó por la mejor solución posible.

Saltó, se apoderó del tonel y corrió hacia la puerta. Por desgracia, el barril seguía derramando pólvora. Cuando miró hacia atrás, vio que la lengua de fuego pronto le alcanzaría.

8

El aspirante a Zorro lanzó un grito al tiempo que arrojaba el barril de pólvora hacia atrás y corrió a toda la velocidad en dirección a la pared derruida. El tonel rodó hasta el arsenal, lo que concedió a Alejandro unos segundos más. Llegó a la pared exterior y trepó sobre las ruinas.

¡Buuum! Los barracones estallaron en una cortina de fuego, y la onda expansiva le arrojó al suelo. Alzó la vista, aturdido. Se hallaba al otro lado del muro. Oyó gritos a lo lejos, y a la luz de las llamas vio la iglesia a pocos metros de distancia. Estaba abierta.

Salvado, se dijo mientras cruzaba la plaza. Cerró la puerta a su espalda y buscó un lugar donde esconderse.

Una enorme figura se materializó a su lado. Alejandro se volvió, dispuesto a luchar.

Era fray Felipe. Alejandro bajó la espada.

–No grite –advirtió.

El monje frunció el entrecejo.

–Soy demasiado viejo para gritar.

–Necesito refugio, padre. Usted no me conoce, pero...

Fray Felipe examinó al desastrado hombre enmascarado, y su cara de luna se iluminó.

–¿El Zorro? –preguntó con estupefacción–. ¡El Zorro! Pues claro que te conozco. –Le escudriñó con más atención–. Debo decir que los años te han tratado mejor que a mí. Recuerdo aquella vez en que...

–Lo siento –le interrumpió Alejandro–. Ahora no tengo tiempo de hablar, padre. Necesito que me esconda, se lo ruego.

En aquel momento se oyeron gritos en el exterior y el galope de los caballos que atravesaban la plaza.

Fray Felipe se acercó a la puerta y colocó la pesada tranca de hierro. Cuando volvió, tenía el rostro encendido por la excitación.

–¡Igual que en los viejos tiempos! –exclamó con satisfacción.

Alguien llamó a la puerta. Alejandro paseó la vista alrededor en busca de un lugar donde ocultarse. Reparó en el confesionario, situado cerca del altar. Llegaba hasta el techo, y una tela gruesa cubría la parte superior. Alejandro corrió hacia él y se sentó en el lugar del sacerdote.

–¿Es usted, padre? –preguntó una voz femenina.

Alejandro quedó petrificado de asombro, pues no esperaba encontrar a nadie.

–¿Ocurre algo, padre?

Le había confundido con el cura. Alejandro se acurrucó, con la intención de esconderse, y la mujer golpeó la madera con los nudillos. No tenía alternativa. Abrió la mampara.

–Oh..., no..., no ocurre nada –dijo con voz cavernosa.

Entre ambos se alzaba una pantalla negra que ocultaba sus caras. No obstante, la voz de la mujer le resultaba familiar.

–Da la impresión de que ahí fuera se libra una batalla campal –observó ella.

–No tema, querida –dijo Alejandro–. En la casa del Señor estará a salvo.

Tras el antifaz del Zorro se encuentra el rostro de un hombre valiente.

El Zorro desafía al cruel Montero con su látigo y su valor. En la plaza, todos saben quién es el hombre vestido de negro.

Montero, escoltado por sus soldados, irrumpe en la hacienda en busca del Zorro.

Jack *Tres Dedos* enseña el cartel de SE BUSCA... «¿Cuánto valemos?», pregunta Alejandro.

Alejandro intenta escapar, pero antes deberá vencer a Diego.

Alejandro le regala a Elena una rosa. Ella aún tiene que descubrir muchas cosas...

Montero y Love cabalgan por la mina, siempre con sus propósitos crueles.

El Zorro tiene un amigo en quien siempre confía: su caballo *Tornado*.

Una imponente Z arde en la colina, y Love la observa estupefacto.

Elena y el Zorro se encuentran en el establo. Elena todavía desconfía, sin saber que él moriría por protegerla.

Montero es un gran espadachín, casi tanto como Diego. Su lucha es emocionante...

La justicia ha triunfado: Elena y el Zorro liberan a los prisioneros de la mina.

En una persecución agotadora, el Zorro busca a Love. El reflejo de la espada del Zorro nunca se olvida...

–Sabias palabras.

Alejandro enlazó las manos. Empezaba a gustarle representar el papel de sacerdote.

–¿De verdad lo cree? Gracias. Soy nuevo en esto.

Por primera vez la joven comprendió que algo raro sucedía. El sacerdote debía de ser el nuevo, el que acababa de llegar de España. Considerando los pecados que debía confesar, se alegró de que fuera un desconocido.

–Perdóneme, padre, porque he pecado. Han pasado tres días desde mi última confesión.

–¿Tres días? ¿Cuántos pecados puede haber cometido en tres días? Quizá debería volver cuando haya pasado más tiempo.

Elena estaba cada vez más perpleja. Nunca había oído a un clérigo hablar de esa manera.

–¿Qué ha dicho?

Alejandro forzó la vista para escudriñar a través de la pantalla y contuvo el aliento. Si bien la mampara y las sombras velaban las facciones de la mujer, vislumbró sus ojos, grandes y adorables. Era la joven a la que había conocido horas antes.

–Sólo era una broma, señorita. Cuénteme sus pecados.

–He quebrantado el cuarto mandamiento, padre.

Alejandro contó con los dedos.

–Vaya. ¿Ha robado algo?

–¡Ése no es el cuarto! –exclamó Elena, escandalizada.

–Pues claro que no –se apresuró a decir Alejandro–. ¿En qué estaría pensando?

–He deshonrado a mi padre.

A Alejandro le costaba creer que aquella exquisita dama hubiera cometido alguna falta.

–¿Ha deshonrado a su padre? Bien, tal vez su padre sea un bribón. Quizá se lo merecía.

Se hizo el silencio.

–¿Qué clase de sacerdote es usted? –preguntó Elena con suspicacia al cabo de unos segundos.

–Ya se lo he dicho, soy nuevo en esto. ¿Le molesta cambiar de confesor, hija mía?

–En absoluto –contestó con orgullo la joven–. De hecho, me alegro.

Alejandro se reclinó en su asiento.

–Entonces, continúe, por favor.

–Intento comportarme como es debido..., como a mi padre le gusta, pero me temo que mi corazón es demasiado rebelde.

¿Rebelde? La palabra llamó la atención de Alejandro.

–¿Demasiado rebelde? –repitió.

–También...

–¿Sí?

–He tenido pensamientos impuros sobre un hombre.

–¡No! –exclamó Alejandro con incredulidad.

–Sí. Creo que era un bandido o algo por el estilo.

Alejandro contuvo de nuevo el aliento.

–¿De veras? –dijo con voz hueca–. ¿Máscara negra, voz profunda, apuesto a su manera?

–Sí. Y cuando me miró... Quiero decir, cuando le miré... Padre, sentí...

–¿Como si el océano rugiera en sus oídos? –sugirió Alejandro con el corazón acelerado.

–Sí, sí, pero aún más que eso... Calor... Fiebre...

Alejandro decidió explorar las posibilidades.

–¿Deseo? –insinuó con tono de inocencia.

–Deseo –admitió ella al tiempo que apartaba la vista.

Alejandro sonrió, impresionado consigo mismo... y con ella. La muchacha había experimentado la misma descarga eléctrica que él.

–Creo que tenemos una política nueva sobre el anhelo –afirmó.

–¿De veras? –dijo Elena, esperanzada. Después de reflexionar añadió–: Espere un momento... ¿Una política...? –Escudriñó a través de la pantalla–. ¿Quién es usted?

Un repentino crujido desvió su atención. Alejandro oyó pasos y gritos, entre los que distinguió la voz del capitán Love. Jamás olvidaría al hombre que había asesinado a su hermano.

Y tampoco lo perdonaría, pensó.

–¡Registrad la capilla, la galería, la sacristía! –gritó el hombre–. ¡Todo!

–¡Ésta es la casa de Dios! –protestó fray Felipe mientras el ruido de las botas resonaba en la iglesia.

–No se preocupe, padre –replicó Love con calma–. Cuando vuelva, ya nos habremos marchado.

Alejandro, acurrucado en el confesionario, decidió tranquilizar a la joven.

–Señorita –susurró–, no ha cometido ningún pecado. Confíe en su corazón, pues nunca la guiará por el mal camino. Ahora, váyase.

Love y sus hombres habían llegado ya a la capilla cuando Elena se alejó del confesionario.

Los soldados se detuvieron y la observaron con estupefacción.

–¡Elena! –exclamó Love–. ¿Qué hace aquí?

La joven se encogió de hombros.

–Estaba confesándome.

La expresión de perplejidad de Love se endureció.

–¿Con quién? –preguntó entornando los ojos–. El sacerdote está aquí. –Desenfundó su pistola y se plantó ante la muchacha–. Váyase, Elena. Un peligroso bandido anda suelto.

–Eso me han dicho –aseguró ella, que intentaba controlar sus emociones encontradas. Su asombro y su horror chocaron como dos trenes en marcha cuando Love disparó al confesionario.

Sus hombres lo imitaron. Elena lanzó una exclamación ahogada, a punto de desmayarse. Nadie lograría sobrevivir a aquella descarga cerrada.

Todos permanecieron inmóviles y en silencio. El humo de la pólvora colgaba a la luz de las velas como cintas funerarias. Poco a poco, la puerta del confesionario se abrió, con los goznes arrancados.

Vacío.

Elena dejó escapar un largo suspiro de alivio. Love observó el interior del pequeño recinto y después alzó la vista.

Había un agujero en la cubierta de seda.

Como no deseaba dar rienda suelta a su rabia delante de Elena, Love se volvió hacia fray Felipe.

–Por respeto a la señorita Montero, me encargaré de usted más tarde –dijo.

El anciano monje le miró con expresión ceñuda, procurando ocultar su alegría. Sus plegarias habían sido atendidas.

El Zorro había regresado.

A pocos metros por encima de la capilla, una figura enmascarada se arrastraba por el borde del tejado.

Bajó la vista y se detuvo. El corcel negro pastaba tranquilamente en una callejuela que discurría detrás de la iglesia, a sólo un par de metros de distancia.

Alejandro cobró nuevos ánimos al pensar que conseguiría escapar.

–¡Chist! ¡Caballo! ¡Ven aquí! –susurró.

El animal siguió comiendo.

Alejandro probó con algunos nombres.

–*¡Trueno! ¡Negrito! ¡Estúpido!*

El corcel ni siquiera levantó la vista.

–¡Ven aquí! ¡Ahora! –ordenó Alejandro–. ¡Te advierto que si no escogeré otro caballo!

Sus amenazas no impresionaron al animal.

Alejandro, frustrado, lanzó un silbido.

La cabalgadura irguió las orejas, miró a Alejandro y después avanzó hasta colocarse debajo de él.

Con una sonrisa de orgullo, el hombre saltó del tejado con la intención de caer sobre el lomo del corcel, que sin embargo dio dos pasos adelante.

¡El gran jinete aterrizó sobre su trasero!

El corcel volvió la cabeza y le dedicó una sonrisa soñolienta. Alejandro le sostuvo la mirada.

El sonido de voces apagadas le impulsó a levantarse. Tras encaramarse a la silla de un salto lanzó una carcajada de triunfo; lo había conseguido. Hundió los talones en los flancos del animal y cabalgó en dirección a la plaza.

Se agachó sobre el largo cuello del caballo y le obligó a atravesar las llamas. Algunos soldados dispararon al verles, pero el corcel volaba como el viento, y sus cascos apenas si tocaban el suelo.

Una vez que se hubo alejado del lugar, Alejandro se detuvo por un momento ante una pared de adobe. Con tres veloces mandobles, su espada grabó una Z en el muro.

A continuación espoleó a su montura y se perdió en la noche.

9

En la caverna, Diego trazaba círculos en el polvo con la punta de la espada mientras esperaba a Alejandro. Al oír ruido de cascos de caballo levantó la mirada y vio que Alejandro entraba en la cueva montado sobre el corcel negro y vestido como una burda imitación del Zorro. En conjunto, pensó Diego, parecía un idiota. La máscara era ridícula, así como la expresión presuntuosa de su rostro. Estaba claro que el joven esperaba un desfile en su honor, con flores y una banda.

–¿Qué le parece? –preguntó el recién llegado al tiempo que adoptaba una pose heroica.

Diego sonrió y meneó la cabeza.

–Muy notable. Increíble.

–He robado el corcel negro y grabado una zeta en la plaza de la ciudad –se jactó Alejandro–. La gente volverá a pronunciar el nombre del Zorro, don Diego.

Una profunda rabia ensombreció por un momento la sonrisa del anciano.

–¡Todos se darán cuenta de que es un idiota! Robas un caballo, dibujas un garabato en una pared, ¿y crees que eres digno de llevar esa máscara? –exclamó al tiempo que se la arrancaba del rostro y la arrojaba al suelo.

Alejandro lo miró con perplejidad y rabia.

–Ve con cuidado, viejo.

–El Zorro no buscaba la fama –espetó Diego–. Estaba al servicio del pueblo. Hacía lo que era necesario.

Diego intentó alejarse, pero Alejandro se lo impidió.

–Y ahora le necesitan de nuevo –repuso el joven–. No le pedí ayuda en la cantina, pero vine aquí para aprender a luchar como usted, a adquirir su energía, su valentía. Ahora, cuando intento utilizarlas, usted me reprende. Estoy harto del adiestramiento y de sus sermones. Estoy cansado de esperar a que me diga que estoy preparado. Tengo cuentas que saldar, he de iniciar una vida nueva. Pensaba que aquí podría hacerlo, pero está claro que me equivoqué.

El viejo maestro contempló a su alumno, y lo que vio en él le impresionó: vehemencia, determinación, orgullo, las cualidades precisas de un nuevo Zorro. Sin embargo, aún estaba verde, pensó.

–Elige arma.

Alejandro desenvainó la espada y la esgrimió en dirección a Diego, que levantó una cuchara de plata con gesto melodramático mientras con la otra mano sujetaba un pergamino enrollado. El joven observó que era el documento que había robado al irascible señor Peralta y bajó la espada.

–No entiendo nada.

Diego sonrió.

–Montero ha invitado a todos los hacendados de California a un banquete que se celebrará en su mansión. –Señaló el pergamino–. Pero se trata de algo más que un acontecimiento social. Sin duda guarda relación con los planes que ha trazado para California. –La sonrisa de Diego se desvaneció–. Si de veras quieres ser útil, acudirás a esa fiesta en calidad de espía.

Las cuatro últimas palabras se agitaron en el cerebro de

Alejandro como murciélagos asustados. Negó con la cabeza.

–Puedo pasar por el Zorro, pero nunca por un noble.

–En ese caso, debo proporcionarte algo de lo que careces –replicó Diego.

–¿De qué se trata?

–Encanto y buenas maneras.

Alejandro se mostró escéptico.

–¿Y para qué me servirán?

Diego respiró hondo.

–Para convencer a Montero de que eres un caballero importante; de ese modo te permitirá entrar en su círculo.

Alejandro cogió la cuchara de plata y la observó como si fuera un arma desconocida. Intentó sostenerla entre los dedos, pero cayó al suelo.

–Será una tarea difícil –observó Diego con un suspiro.

Era una gran fiesta.

Los invitados acudían a la fabulosa propiedad de Rafael Montero procedentes de todos los rincones del país. Las mujeres llegaban en carruajes, los caballeros cabalgaban detrás de ellas. Mozos de cuadra ataviados con elegancia se encargaban de los vehículos mientras los sirvientes personales atendían a los enjoyados huéspedes.

Alejandro, que ahora se hacía llamar don Alejandro, llegó a lomos de su nuevo corcel, *Tornado*. Vestía un traje provisto de adornos plateados, a juego con la rica silla de montar. Lo seguía su criado, Diego, que al llegar a la hacienda desmontó de su burro y ayudó a apearse a su «señor».

Alejandro respiró hondo.

–Ésta es la locura más grande que he cometido jamás.

–Lo dudo –murmuró para sí Diego.

–Vamos a fracasar –dijo Alejandro.

El anciano sacudió con calma el polvo que cubría la chaqueta de seda negra de Alejandro.

–No. Al fin y al cabo, un noble es un hombre que dice una cosa cuando piensa otra muy diferente. –Para ilustrar la frase, hizo una profunda reverencia–. Qué gran placer verle –exclamó con voz meliflua, que enseguida se convirtió en un gruñido–. En un ataúd, tal vez.

–¿Qué ocurrirá si Montero le reconoce? –preguntó Alejandro.

–Se cree un auténtico noble y, por tanto, nunca miraría a un criado a la cara. –Diego se volvió hacia la mansión de Montero–. Buena suerte, Alejandro, y recuerda lo más importante: no dejes que los nobles abandonen la mesa sin ti.

Cuando llegaron a la puerta principal, un criado cogió la invitación de Alejandro. Montero estaba en el vestíbulo, recibiendo a los invitados. Se mostraba sereno, casi radiante, como si su gran momento hubiera llegado.

–Buenas noches, don Rafael –dijo Alejandro al tiempo que tendía la mano–. Soy don Alejandro del Castillo y García.

Estrechó la de Montero, dobló una rodilla e inclinó la cabeza a modo de saludo. Su anfitrión lo observó entre asombrado y complacido.

–Hacía años que no veía el saludo oficial de la corte española.

Alejandro dirigió a Diego una fugaz mirada de triunfo.

–Mi padre era muy estricto en todo lo referente a la etiqueta.

–¿Quién era su padre?

–Don Bartolomé del Castillo.

Montero entornó los ojos mientras examinaba al invitado desconocido.

–He oído hablar de él, pero nunca tuve el placer de conocerle.

Alejandro tendió con calma la mano, y Diego depositó en ella un documento de aspecto oficial.

–Mi criado, Bernardo –dijo Alejandro mientras dejaba escapar un bostezo.

Como Diego había previsto, Montero no se molestó en mirarle. Estaba más interesado por el documento que Alejandro le había entregado.

–La semana pasada llegué de España –explicó el joven–, después de haber pasado por París, Lisboa y San Francisco. Estoy inspeccionando las tierras de mi familia.

Montero asintió y desenrolló el pergamino.

–La reina Isabel de España ha sido muy generosa con nosotros –afirmó Alejandro con modestia–. Hace poco recibí carta de su Alteza Real, así como de la reina madre, María Cristina.

–Estoy impresionado –le comentó Montero con frialdad y suspicacia mientras volvía a examinar el documento–. ¿Qué le ha traído a mi casa?

Alejandro le dedicó una sonrisa deslumbradora.

–Su Alteza Real elogia la labor que realizasteis en California.

Como el pillaje y el asesinato, pensó Alejandro mientras pronunciaba esas amables palabras... como un verdadero noble.

Tal como esperaba, Montero no pudo resistirse al reconocimiento real. Una leve sonrisa asomó a su semblante, hasta entonces muy serio.

–¿De veras? Como México consiguió conquistar California, tenía la impresión de que había perdido el favor de la corte española.

–Usted no tuvo la culpa. Su Majestad me comentó que esta provincia continúa siendo una tierra de oportunidades para un hombre con visión.

La sonrisa de Montero se desvaneció.

–¿Es usted un hombre con visión?

–Soy un hombre en busca de una visión.

La respuesta de Alejandro pareció complacer a Montero, que sonrió de nuevo y asintió.

–Me temo que he llegado en un momento inoportuno –añadió Alejandro mientras paseaba la mirada alrededor–. Por lo visto he interrumpido una fiesta. ¿Le importa que vuelva en otra ocasión?

–Por favor, sería un honor para mí que se uniera a nosotros –le invitó Montero.

Alejandro hizo una reverencia.

–Para mí también lo sería, señor.

Detrás de ellos, Diego resplandecía de orgullo. Su alumno había aprobado con sobresaliente.

–Permítame que le presente a mi hija Elena.

Las emociones de Diego zozobraron como un barco a punto de hundirse. Se mordió el labio mientras contemplaba la escena.

Alejandro no apartó la vista de la joven mientras le besaba la mano.

–Es un placer –dijo con desenvoltura–. Me temo que no he traído ningún regalo para la anfitriona... Oh, espere un momento. –Hizo ademán de coger algo del aire, y en su mano apareció una rosa roja, que ofreció a Elena con un gesto elegante.

–Gracias.

La muchacha le dirigió una sonrisa radiante, complacida por el pequeño truco de magia. Hasta Diego quedó impresionado.

Alejandro asintió, dio media vuelta y entró en la sala de baile al tiempo que chasqueaba los dedos en dirección a su criado, sin mirar hacia atrás.

–¡Bernardo! ¡No te quedes ahí parado como un tentetieso! –ordenó, disfrutando de su nuevo poder.

Diego corrió hacia él con los dientes apretados.

Alejandro se divertía de lo lindo.

Una orquesta interpretaba música festiva mientras los criados servían comida y bebida a los invitados, sentados a mesas iluminadas con velas. Parejas elegantes bailaban con una formalidad anticuada. Alejandro se codeaba con los ricos y los corruptos, y bebía champán francés; demasiado champán, de hecho.

Mientras los caballeros que le rodeaban hablaban de política o cotilleos locales, levantó su copa vacía.

–¡Bernardo! ¡Más champán!

Diego se apresuró a llenarle una vez más la copa y le murmuró:

–Está exagerando la nota, don Alejandro. Debe controlarse. ¡Y vigile la forma en que sostiene la copa!

Alejandro fingió disimular un bostezo.

–Debo decir que me gusta como criado. Este papel saca a la superficie sus mejores cualidades. Por cierto, hay una mancha en mi zapato –añadió en voz alta–. Límpiala. ¡Ahora mismo!

Diego contuvo su furia y se puso a cuatro patas, dispuesto a obedecer. Alejandro se volvió y, al ver que Elena se acercaba, exclamó:

–¡No se quita! ¡Ve a buscar betún, y deprisa! –Puso los ojos en blanco–. Ay, las cargas de la riqueza.

–Sí, señor –dijo Diego con irritación mientras echaba a andar.

–Don Alejandro, a mi padre y a mí nos gustaría que se sentara a nuestra mesa –le invitó Elena.

El hombre se levantó y la cogió del brazo.

–Será un placer, señorita.

Diego, que no se había alejado demasiado, los vio marchar. Debía seguirlos, aunque sólo fuera para asegurarse de que Alejandro no se dejaba arrastrar por su nueva imagen. Paseó la vista por el patio y vio una bandeja con copas de vino. La cogió y entró en la casa de Montero detrás de Alejandro y su acompañante. Los hacendados más poderosos, sentados a la enorme mesa de madera tallada del lujoso comedor de Montero, mantenían una acalorada discusión. Cuando Alejandro se acercó con Elena, el anfitrión se levantó de su asiento.

–Ah, don Alejandro. –Se dirigió a los hombres sentados alrededor de él para agregar–: Caballeros, permítanme presentarles a don Alejandro del Castillo y García, recién llegado de España. Confío en que llegue a ser un miembro importante de nuestro círculo.

Alejandro saludó con una inclinación de la cabeza a los presentes, que hicieron lo propio. Cuando vio a Love, el odio se transparentó tras su sonrisa cortés.

Montero se percató.

–Éste es el capitán Harrison Love. Aunque no es un hacendado, es un hombre de virtudes comparables.

De la mano de Alejandro parecieron saltar chispas cuando estrechó la de Love. Diego contuvo el aliento. ¿Se olvidaría Alejandro de guardar las formas?

–Ah, capitán Love –dijo el joven con aire pensativo–. ¿No se ha dedicado recientemente a la persecución de un bandido legendario?

Love le dirigió una fría sonrisa.

–No era muy legendario.

Alejandro se sacudió una mota de polvo de la chaqueta.

–Ah, entonces, ¿ya lo ha atrapado?

La pregunta pilló desprevenido al capitán.

–Sólo es cuestión de tiempo.

–Bien, es posible que el bandido haya escapado –replicó Alejandro encogiéndose de hombros–, pero los que estamos aquí nos lo pensaremos dos veces antes de ir a confesarnos.

Los hacendados rieron, y también Elena. Love, devorado por la ira y los celos, lanzó a Alejandro una mirada de odio asesino, pero éste no lo advirtió, pues estaba ocupado apartando una silla para que Elena se sentara.

Love tensó la mandíbula. Esperaría un momento más apropiado para dar una lección a aquel advenedizo.

Alejandro, embriagado por el éxito, buscó con la vista a su «criado», pero Diego había desaparecido.

Diego había decidido emprender una misión privada.

Una vez dentro de la casa de Montero, llevó a cabo un registro superficial con la esperanza de encontrar algo que pudiera utilizar contra su enemigo.

El corazón le latía a toda velocidad mientras vagaba por los pasillos vacíos, a sabiendas de que corría el riesgo de ser capturado si alguien le veía.

Al doblar una esquina divisó al fondo a un centinela armado, apostado ante una puerta grande y pesada.

Continuó avanzando por el corredor, con la bandeja de bebidas en alto. Mientras pasaba ante el guardia, reparó en otra puerta, situada frente al centinela.

Caminó con paso decidido hasta el final del pasillo y giró a la izquierda. Tras asegurarse de que nadie le veía, abrió una puerta y entró en una habitación a oscuras. Cruzó otra más con sumo sigilo. Según sus cálculos, era la que se hallaba frente al guardia. Miró por la rendija.

Allí estaba el hombre.

El anciano volcó la bandeja, y las copas de vino se estrellaron contra el suelo.

Escudriñó por la rendija para observar la reacción del soldado, que se sobresaltó al oír el estruendo. A continuación empuñó la pistola, atravesó el pasillo y giró el pomo con cautela. Diego retrocedió alzando la pesada bandeja mientras el guardia entraba despacio en la habitación.

¡Bam! De pronto el recipiente de plata cayó sobre la cabeza del guardia. Diego lo cogió antes de que se desplomara inconsciente y lo arrastró hasta dejarlo detrás de un sofá.

Minutos después el anciano apareció en el umbral de la puerta, con un llavero en la mano. Al cabo de unos segundos abrió la gran puerta y se coló en el interior.

10

A Alejandro le resultaba difícil observar a Montero y a su hija al mismo tiempo. Cuando el capitán Love entabló conversación con Elena, centró su atención en Montero y advirtió que susurraba algo a don Luis antes de entregarle una llave. Alejandro fingió beber vino mientras don Luis se levantaba de la mesa. Entonces el anfitrión se volvió hacia sus invitados.

Love seguía hablando con Elena, de manera que Alejandro se acercó más a Montero para charlar con él.

–El capitán Love es un hombre muy interesante, don Rafael –observó–. ¿Dónde lo conoció?

–En Marruecos. Luchó con los españoles en la campaña contra los franceses.

–Ah... –Alejandro apartó la vista simulando turbación–. Un mercenario.

Sus aires de superioridad incomodaron a Montero.

–En efecto –admitió–, pero es un soldado excelente, eficaz... y despiadado.

–No es la clase de hombre que sienta la cabeza y funda una familia.

Montero compuso una expresión de perplejidad.

–¿Qué insinúa?

Alejandro señaló con la cabeza a Love y Elena.

–Es evidente que su hija y el capitán están enamorados. Me había parecido...

–Es posible que el capitán Love esté enamorado, don Alejandro –le interrumpió Montero–, pero en cuanto a mi hija... –Le miró a los ojos–. Le aseguro que se casará con el hombre adecuado.

–¿Un noble de linaje español? –sugirió Alejandro.

–Así es –se apresuró a contestar Montero–. Sólo es preciso encontrar a la persona apropiada –añadió con una sonrisa irónica–. ¿Conoce a un hombre semejante?

Alejandro sonrió a su vez.

–Tal vez haya uno en este banquete.

Cuando Diego cerró la puerta a sus espaldas, comprendió por qué la habitación estaba custodiada. Era el estudio privado de Montero.

Alzó la vista y contuvo el aliento al observar que detrás del escritorio colgaba un cuadro de Esperanza. Se esforzó por controlar sus emociones y por fin apartó la vista de la pintura para examinar la estancia.

Reparó en un cofre grande, forrado de acero, que se hallaba apoyado contra la pared del fondo. Cruzó la estancia y comenzó a probar las llaves que había sustraído al guardia.

De pronto oyó el sonido de unos pasos que se acercaban hasta detenerse ante la puerta. Paseó la vista alrededor y se precipitó detrás de una enorme butaca en el instante en que la puerta se abría.

Don Luis entró. Diego observó cómo el anciano se aproximaba al cofre, introducía la llave en la cerradura y levantaba la tapa. Contenía numerosos papeles que parecían importantes.

A continuación sacó una cajita bellamente tallada y

después cerró el cofre. Don Luis abandonó la habitación enseguida. Diego salió de su escondite y le siguió.

Como de costumbre, don Héctor aburría a todos los comensales con sus sermones políticos.

–Debido a la falta de control de Santa Anna los campesinos se han vuelto obstinados –rugió–. Imaginan el regreso del Zorro cada vez que se produce un acto de vandalismo.

–Cualquiera puede ponerse una máscara y jugar a ser el Zorro –dijo Love con desdén–. Basta con comprar la tela.

Alejandro se encogió de hombros.

–Ése es el problema, ¿no? Es difícil matar a una máscara.

Love se irritó al ver que Montero asentía.

Para sorpresa de todos, Elena habló:

–Hasta que esta gente sea libre para gobernarse, creo que veremos muchas más zetas grabadas en las paredes –aseguró con vehemencia.

Si bien Montero se sentía muy orgulloso de su hija, en ocasiones le irritaba su actitud, ésta era una de ellas. No sólo discutía de política con hombres en la mesa, algo que las damas nunca hacían, sino que además justificaba las acciones criminales del Zorro. Al ver la expresión desaprobadora de su padre, Elena se volvió hacia Alejandro.

–¿Qué opina usted, don Alejandro?

–Creo que las ovejas siempre necesitan un pastor –respondió con solemnidad y después sonrió–. Pero no para protegerlas de este Zorro. Es probable que lleve esa máscara para ocultar su calva y sus desagradables facciones.

Montero y los hacendados rieron. Alejandro se alegraba de que Elena hubiera salido en defensa del Zorro.

–Algunos le consideran un héroe –observó la joven con frialdad.

Alejandro puso los ojos en blanco.

–Heroísmo. Una ilusión romántica.

–¿Como la nobleza? –preguntó Elena.

–¡Elena! –exclamó Montero.

Love acudió en ayuda de la muchacha.

–El heroísmo siempre es la meta de cualquier hombre merecedor de ese nombre.

–Habla como un auténtico lancero –replicó Alejandro reprimiendo un bostezo–. Todo eso de jugar con espadas, disparar pistolas, correr por ahí a caballo me produce dolor de cabeza. –Se volvió hacia Montero para agregar–: Esas sudorosas empresas son indignas de un caballero.

–¿Cuáles lo son? –preguntó Elena–. ¿Subir y bajar de carruajes?

Alejandro le dedicó una tímida sonrisa.

–No, querida mía. Aumentar las posesiones para proporcionar toda clase de lujos a jovencitas como usted.

Elena apartó la vista con expresión de asco. Le irritaba encontrar atractivo a aquel joven perezoso e inútil. Montero, en cambio, sonrió para demostrar su aprobación. Habla como un verdadero caballero, pensó.

–Por desgracia –continuó Alejandro–, nuestro estilo de vida se ve amenazado por los forajidos que nos rodean. –Paseó la vista alrededor de la mesa–. Yo mismo he estado así de cerca de varios bandidos famosos. A menos que les enseñemos a temer nuestra fuerza, el caos y la anarquía se impondrán.

–Estoy segura de que le tienen mucho miedo, don Alejandro –repuso Elena con sarcasmo mal disimulado.

–¡Tiene razón! –exclamó el señor Peralta–. ¡El otro día me robaron en plena calle!

Alejandro dio una palmada sobre la mesa.

–¡Indignante! ¿Qué clase de animal se atrevió a algo semejante?

–Tal vez alguien que tenía hambre. –La serena voz de Elena acalló a los presentes.

Alejandro la miró.

–Bien, yo no sé nada sobre el hambre –comentó con un suspiro–, y usted tampoco.

Elena sintió que la cara le ardía de furia.

Montero percibió la tensión e intentó calmar los ánimos.

–¿Qué entienden las mujeres de política? –bromeó.

Se hizo un incómodo silencio. Love aprovechó la oportunidad para estar a solas con Elena. Se levantó y efectuó una reverencia, decidido a no dejarse amilanar por los elegantes modales de Alejandro.

–Bien, se supone que esto es una fiesta, ¿verdad? Elena, ¿me concede el honor de este baile?

Con el fin de evitar una situación desagradable, la muchacha adoptó el papel de hija modélica y miró a Montero para obtener su permiso. Él asintió con magnanimidad.

Mientras el capitán Love guiaba a Elena hasta la sala de baile, Alejandro les observó con una sonrisa de astucia.

Love bailaba como un soldado, como si desfilara con las piernas rígidas al ritmo de la música, pero eso no impidió que Elena flirteara. Apoyó el brazo desnudo sobre el hombro de su pareja y al instante se ruborizó al ver a Alejandro junto a ellos, sonriente, como si hubiera adivinado cuál era su juego.

Elena se sintió turbada e irritada al mismo tiempo.

–¿Sí? –preguntó con brusquedad–. ¿Busca algo?

–Una sensación milagrosa –respondió Alejandro con la vista clavada en los ojos de la joven.

Love dio media vuelta con expresión airada.

–¿De veras? ¿Por qué no la busca en otro sitio? La dama y yo intentábamos bailar.

–Usted lo intentaba –lo corrigió Alejandro–. Ella no

tenía problemas. –Tras esbozar una sonrisa de disculpa, le rodeó la espalda con el brazo en un gesto cordial–. Perdone, capitán Love, ha sido una broma insolente, y confío en que no sea la última. Don Rafael quiere que vuelva a su mesa.

Love parpadeó con estupefacción. Después de hacer una reverencia a Elena, se alejó de muy mala gana.

Alejandro se volvió y abrió los brazos. Sin pronunciar palabra, Elena se acercó a él y empezaron a bailar. Aunque no aprobaba la actitud del cortés hacendado, tuvo que admitir que se movía de maravilla.

Diego también reparó en lo bien que bailaban juntos. Demasiado bien, en su opinión.

Recién finalizada su pequeña aventura en el estudio privado de Montero, Diego decidió recordar a su alumno por qué habían acudido allí. Cuando se disponía a acercarse a la pareja, advirtió que todos los hacendados se levantaban de las mesas.

El momento que Diego había previsto estaba a punto de llegar. Los caballeros se preparaban para acceder a las dependencias privadas de Montero. Algo importante, y muy secreto, estaba a punto de producirse.

Montero susurró algo a don Luis, y ambos echaron a andar detrás de los demás hacendados. Entretanto, Alejandro tonteaba con la hija de Montero.

Cuando la música cesó, Diego consiguió atraer la atención de su discípulo, y movió la cabeza en dirección a los caballeros que se alejaban.

Alejandro comprendió el mensaje y asintió para indicarle que cumpliría con su misión. El anciano quedó sorprendido por la veloz reacción de Alejandro, que se volvió hacia el director de la orquesta y murmuró algo. De inmediato los músicos atacaron una alegre melodía.

–¿Le importa probar algo más movido? –preguntó el joven a Elena–. Tal vez no esté a la altura de la tarea.

La muchacha no pudo resistir el desafío.

–Todo lo contrario, don Alejandro. Sólo me preocupa su desagrado por el sudor. –Esbozó una sonrisa beatífica–. ¿Bailamos?

El ritmo de la música se hizo más vivaz. Las demás parejas estaban fascinadas. Poco a poco se apartaron y comenzaron a aplaudir y lanzar vítores mientras contemplaban a Alejandro y Elena.

Al ver la forma de bailar de su alumno, Diego sonrió para sí y buscó con la mirada a Montero, que se había detenido, por supuesto, para observar a los dos bailarines. El pequeño truco de Alejandro estaba funcionando como un encantamiento. Mientras el poderoso hacendado contemplaba la danza, tan poco digna de una dama, su ira creció.

–¡Esta chica es increíble! –masculló–. Rebelde como su madre.

Diego vio que Montero cruzaba la pista de baile y gritaba algo al director de orquesta. La música cesó al instante. Alejandro soltó a Elena a regañadientes; había observado la reacción de Montero. De hecho, la esperaba. Cuando el anfitrión se acercó, Alejandro compuso su expresión más inocente.

–¡Bien! –dijo Alejandro a Elena en voz alta, para asegurarse de que Montero le oyera–. Si así se baila en Madrid en la actualidad...

El cambio de actitud del joven sorprendió a Elena, pero comprendió el motivo al advertir que su padre se aproximaba.

–Perdone, don Rafael, he de recuperar el aliento –dijo

Alejandro, fingiendo que respiraba de forma entrecortada–. Su hija es una bailarina muy fogosa.

De pronto la cólera de Montero cambió de destinatario.

–¿Fogosa? –repitió–. Gracias por expresarlo de una manera tan delicada.

Elena no daba crédito a sus oídos. Alejandro había conseguido que la culpa recayera sobre ella. El muy canalla la había arrojado a las fauces de los lobos para ganarse el favor de su padre, pensó la joven con ira. Lo peor de todo era que su padre se lo había tragado.

–Le pido disculpas si le ha ofendido –dijo Montero.

Incapaz de soportarlo, Elena empujó a un lado a Alejandro y salió de la pista hecha una furia. Alejandro se apiadó.

–Sus disculpas son completamente innecesarias, se lo aseguro. Es joven e impulsiva, pero de una belleza incomparable. Además cuenta con la presencia autoritaria de su padre. Como consejero de su Alteza Real en asuntos económicos, sería un placer presentarles a ambos en la corte.

Como siempre, las recomendaciones de Diego habían sido acertadas. Montero mordió el anzuelo, pues ansiaba introducirse en la alta sociedad.

–Gracias, don Alejandro. Significaría un gran honor.

Será divertido, pensó Alejandro con satisfacción.

Montero apoyó una mano sobre el hombro de Alejandro con gesto paternal.

–¿Quiere hacer el favor de reunirse con nosotros en el patio? Hay algo que quiero compartir con usted.

–¿De qué se trata? –preguntó Alejandro con tono inocente.

Montero se acercó más.

–Una visión...

11

Montero guió a Alejandro hasta un patio oculto, iluminado por antorchas, en medio del cual había una enorme mesa de madera. Una caja china de un rojo intenso descansaba en su centro. Los caballeros más importantes ya se habían sentado; los demás, como Alejandro, esperaban de pie.

Montero se acercó a una cortina negra que cubría la pared.

–Caballeros de California –dijo con una sonrisa–, todos nosotros recordamos los años dorados, cuando gobernábamos este país. Se nos respetaba como nobles, acumulamos riquezas, pero nunca decidimos nuestro destino. –Su sonrisa se desvaneció–. Ha llegado el momento de reclamar lo que siempre debió ser nuestro.

»Amigos míos, os entrego la... –Hizo una pausa para tirar de un cordel y cuando la cortina negra cayó, agregó–: La república independiente de California.

Se oyeron algunos susurros cuando quedó al descubierto un gran mapa de América del Norte, con un nuevo país: California.

Algunos aplaudieron por cortesía, otros fruncieron el entrecejo y unos pocos, como Alejandro, quedaron fascinados. El anciano señor Peralta, uno de los hacendados más respetados, se puso en pie.

–Don Rafael, todos los aquí presentes le debemos algo. Gracias a las tierras que nos concedió nos enriquecimos –afirmó mientras caminaba alrededor de la mesa–, pero ahora nos pide que nos levantemos en armas contra Santa Anna, aun sabiendo que jamás conseguiremos derrotar a su ejército.

–No sugiero que luchemos contra él por California, señor Peralta –replicó Montero–, sino que se la compremos. –Montero alzó la voz para hacerse oír por encima de los murmullos.

–Santa Anna está empeñado en una guerra contra Estados Unidos y se está quedando sin fondos. Ya he llegado a un acuerdo con él.

Don Luis levantó la vista dispuesto a intervenir, pero el señor Peralta aún no había terminado.

–Aunque reuniéramos todas nuestras fortunas, no lograríamos acumular el dinero suficiente para comprar California a Santa Anna. –El anciano caballero hizo una mueca de desagrado–. Está viviendo un sueño.

Montero sonrió y se acercó a la mesa.

–Muy bien –repuso con calma–. Vivamos ese sueño juntos.

Abrió la caja china, que contenía un hermoso lingote de oro, tan puro que parecía brillar contra el forro de terciopelo.

Los hacendados guardaron silencio, con la mirada fija en el centelleo del metal.

Alejandro observó que en su pulida superficie aparecía estampado el sello real español.

Montero saboreaba el momento. Antes de cerrar la caja dedicó una sonrisa de triunfo al señor Peralta, y a continuación se volvió hacia sus invitados.

–Mañana nos encontraremos aquí para emprender un viaje que les abrirá los ojos y disipará todas sus dudas.

Mientras los atónitos caballeros desfilaban ante Montero para presentarle sus respetos, Alejandro comprendió que todos acudirían allí al día siguiente. El Zorro también.

Fue un viaje extraño. Tal como Alejandro había sospechado, todos los caballeros se presentaron a la mañana siguiente. Emprendieron la marcha en carruajes adornados, con cortinas negras sobre las ventanillas, que conducían los soldados de Love, mientras éste y Montero formaban la retaguardia, montados en sus caballos.

Los vehículos traqueteaban debido al mal estado de la carretera, y sus pasajeros sudaban copiosamente a causa del calor. El largo y secreto viaje comenzaba a irritarles.

–¡Ni siquiera confía en nosotros! –gruñó el señor Peralta.

Don Héctor se encogió de hombros.

–¿Confiaría usted en nosotros?

Los demás caballeros rieron en la penumbra. No se hacían ilusiones sobre su ilimitada capacidad de corrupción.

–Será mejor que valga la pena –murmuró el señor Peralta.

Cuando llegaron a su destino, todo el mundo estaba malhumorado, entumecido y dolorido, pero en cuanto los caballeros salieron a la luz del sol, sus quejas cesaron.

Ante ellos se extendía una inmensa mina de oro, en plena explotación.

Era como un pueblo; una compleja red de estructuras de madera, conductos de agua y vías de tren que se entrecruzaban en dirección a túneles practicados en las paredes del cañón.

Pequeñas vagonetas cargadas de rocas que contenían

oro salían de las galerías de la mina y, una vez en el exterior, éstas se cargaban en grandes cubos metálicos.

En el centro del complejo, sobre una plataforma elevada, había una gigantesca rueda de paletas, a la que se sujetaban los cubos con una cuerda. Cuando la noria giraba, se elevaban hasta la plataforma.

A escasa distancia de los toscos montacargas se encontraba la caseta que albergaba el horno de fundición. Sometido a un calor elevadísimo, el oro se separaba del mineral.

Alejandro se sentía impresionado e indignado al mismo tiempo. Los conductos de agua, los montones de rocas, las minas, todo funcionaba gracias a los esfuerzos de hombres encadenados. Montero utilizaba esclavos para sus propósitos.

Distinguió una figura familiar entre los prisioneros. Era fray Felipe. El anciano monje parecía enfermo y agotado. También vio mujeres y niños entre los esclavos. Alejandro comprendió el triste destino de los «desaparecidos». Los soldados de Love los habían secuestrado.

Montero se volvió hacia los caballeros congregados y señaló la mina.

–Ésta, caballeros, es nuestra Ciudad Dorada, nuestro El Dorado.

A continuación los condujo hasta un enorme recinto excavado en la pared del cañón, al final del cual se alzaba una jaula de acero llena de lingotes centelleantes. Parecía una montaña de oro puro.

Montero la abrió y lanzó una risita, como si disfrutara en extremo del momento.

–En teoría, todo este oro pertenece a Santa Anna. –Guiñó un ojo a los caballeros–. Afortunadamente ignora su existencia. –Cogió un lingote y lo exhibió ante su público–. Los hemos marcado todos con el sello español, para que Santa Anna piense que proceden de España. –Su rostro resplandecía de triunfo–. ¿Comprenden ahora, caballeros? –añadió al tiempo que sonreía al señor Peralta. De pronto se puso serio–. Dentro de dos días compraremos este país a Santa Anna, con el oro arrancado a su tierra.

Los hacendados rieron con admiración, complacidos con el inteligente plan de Montero. Como forajido, Alejandro también estaba impresionado. Montero se proponía convertir California en su imperio particular. Pensó en las mujeres y niños famélicos, esclavizados para convertir en realidad las ambiciones de Montero. Tal vez el Zorro conseguiría desbaratar sus planes.

Los caballeros hablaban con gran entusiasmo mientras Love y Montero los guiaban al exterior.

¡Bum! Un súbito estallido levantó nubes de polvo y lanzó una lluvia de pedruscos acerados hacia ellos. Una ladera de la montaña se derrumbó como una masa de nieve sucia. Los hacendados fueron presa del pánico y echaron a correr hacia la sala excavada.

–¡Tranquilícense! –exclamó Love–. Forma parte del proceso de extracción. Al principio arrancábamos el oro de la tierra; ahora excavamos y utilizamos dinamita.

Mientras el capitán se pavoneaba como un soldadito de plomo, Alejandro vio que un muchacho se tambaleaba bajo el peso de la carga que llevaba a la espalda. Era el chico que había buscado refugio en el abrevadero; Love lo había capturado.

Alejandro sonrió para disimular su indignación.

–¡Vaya, vaya! ¡Conque éste es el futuro de California!

Montero asintió con orgullo.

–Sí. Ésta es mi visión.

La visión de un loco, pensó Alejandro mientras observaba la zona. De pronto un grito le impulsó a volver la cabeza. Alzó la vista y contempló la escena con los ojos desorbitados.

Sobre una de las vagonetas, un hombre enloquecido agitaba un zapapico sobre su cabeza. Tenía una barba gris, cabello largo enmarañado y sólo tres dedos en una mano. Estaba esquelético, sucio y totalmente desquiciado, pero Alejandro le reconoció; era su antiguo compinche, Jack *Tres Dedos*.

Toda actividad cesó mientras los presentes miraban a Jack, que se irguió poco a poco y abrió los brazos.

–Bienvenidos, caballeros –exclamó Jack–. Nos llaman los «desaparecidos», pero miren alrededor. Como observarán, no hemos desaparecido; lo que ocurre es que es difícil encontrarnos.

Love avanzó protegiéndose los ojos con la mano.

–¡Te conozco!

–Claro que sí. ¡Soy el legendario Jack *Tres Dedos*! –Miró a los hacendados y señaló el zapapico–. Son un hatajo de asesinos vestidos con ropas elegantes.

Love tensó la mandíbula.

–No le hagan caso, caballeros. Es un vulgar ladrón.

–Ladrón, sí, pero vulgar, ni hablar –espetó Jack con fingida indignación–. Y no era nada comparado con ustedes, caballeros, ¡nada! Robé dinero, robé oro, pero ustedes están robando vidas humanas. –La rabia de Jack estalló de súbito–. ¡Sanguijuelas! –Soltó el freno de mano de una patada y, mientras la vagoneta avanzaba en dirección a los distinguidos visitantes, gritó con toda la fuerza de sus pulmones–. ¡Aaajjjj! –chilló al tiempo que agitaba el zapapico sobre su cabeza.

Todo el mundo se apartó de su camino, excepto Love, que levantó con calma el fusil.

El vehículo se detuvo en seco, y Jack salió catapultado hacia Love, blandiendo el zapapico.

El capitán se apartó y disparó.

La bala alcanzó a Jack en el corazón. Cayó a tierra con un ruido estremecedor.

Un profundo silencio se produjo en el cañón mientras todos contemplaban la extraña figura tendida en el suelo.

Alejandro se arrodilló junto a su cuerpo y le levantó la cabeza. Por un instante sus miradas se encontraron. Sacó su pañuelo de seda para secar la sangre que escapaba por la boca de Jack. Éste le dedicó una sonrisa torcida y poco después murió.

Alejandro compuso una expresión de indiferencia mientras se incorporaba. Se guardó el pañuelo en la manga, miró a Love y se encogió de hombros. El capitán lo observó con atención durante unos segundos. Después se acercó y dio la vuelta al cadáver con la punta de la bota. Al ver la cara de Jack, echó a reír entre dientes.

Alejandro le traspasó con la mirada.

–¿Le divierte algo, capitán?

–Más que divertirme, lo encuentro curioso –le repuso Love sin apartar la vista de Jack–. Es la segunda vez que disparo contra este hombre mientras vuela por los aires.

–Tal vez se deba a su pasión por el tiro al plato –intervino Montero al tiempo que avanzaba hacia los carruajes, seguido de los caballeros. Todos reían, como si nada hubiera sucedido.

Los guardias se encargaron con rudeza de que los esclavos volvieran al trabajo. Alejandro contemplaba la escena con el corazón encogido. De pronto dio media vuelta y echó a andar detrás de los demás, mientras intentaba controlar su furia. Love lo observó alejarse con suspicacia y después se arrodilló al lado del hombre al que acababa de matar. Extrajo un largo cuchillo y lo apoyó sobre la muñeca de Jack.

Más tarde, cuando los hacendados subían a los cómodos carruajes, Alejandro oyó que alguien le llamaba.

–¡Don Alejandro!

Al volverse vio al capitán Love montado a caballo.

–He de hablar con usted –dijo Love–. Cuando volvamos a los establos. A solas.

Alejandro se encogió de hombros.

–Tal vez en otro momento.

–Hoy –replicó Love–. A solas. –Espoleó su montura y se alejó.

Mientras el capitán se perdía en la distancia, Alejandro comprendió que aquello no era una invitación, sino un desafío.

12

A Diego le gustaba cuidar de *Tornado*, pues le recordaba a su antiguo caballo.

Mientras cepillaba el brillante pelaje negro del animal, tarareaba una canción.

El establo de Montero parecía vacío. Los caballeros se habían marchado. Sin embargo, alguien le observaba.

Elena había entrado en busca de su montura. El canturreo de Diego le resultaba agradable y la conmovía de una forma que no alcanzaba a comprender. Tenía la impresión de haber oído esa melodía en un sueño.

El anciano vio a Elena mientras deslizaba el cepillo sobre la crin del corcel y enmudeció. El corazón comenzó a martillearle con fuerza. Elena sonrió, lamentando haber interrumpido la canción.

–Buenas tardes, Bernardo –saludó con educación.

Diego se sintió complacido al ver que su hija trataba a los criados con dignidad. Era el sello de una verdadera dama.

–Señorita –dijo con voz ronca y de inmediato desvió la vista.

–Su voz es muy relajante –observó Elena al tiempo que se acercaba a *Tornado*.

Diego quería que se marchara.

–El caballo es muy brioso, señorita –explicó–. Necesita oír algo relajante.

–Sí, lo entiendo. –La muchacha palmeó el cuello del corcel–. ¿Cuánto hace que trabaja para don Alejandro?

–A veces me parece que desde siempre –murmuró Diego.

Elena rió con cierto asombro. Diego comprendió al instante su error.

–Lo siento. He dicho una inconveniencia.

Elena se llevó un dedo a los labios.

–No se preocupe, Bernardo, por mí no va a enterarse. –Se aproximó un poco más–. Don Alejandro es un hombre muy desconcertante. En ocasiones, gasta unos aires..., tan arrogante y superior. Sin embargo, su forma de mirarme, su forma de bailar... –Esbozó una sonrisa–. Es como si fuera dos personas diferentes a la vez.

La joven cogió otro cepillo y ayudó a Diego, que apenas podía controlar sus emociones.

–Se parece mucho a su madre –balbuceó, sin darse cuenta de lo que decía.

Elena se detuvo y le miró con perplejidad.

–¿Cómo lo sabe?

Buena pregunta, pensó Diego, mientras buscaba una respuesta.

–Quiero decir... No se parece en nada a don Rafael.

Elena rió y siguió cepillando a *Tornado*.

–Sé que a mi padre le gustaría que me pareciera más a ella. Mi madre era una persona muy obediente, que sabía comportarse.

–¿Es así como él la describe? –masculló Diego.

–Sí, pero a veces no le creo.

Una chica lista, pensó Diego, disimulando una sonrisa.

–¿Por qué no? –preguntó–. ¿Acaso cree que en realidad sí se parecía a usted?

Elena se encogió de hombros.

–Quizá desee que sea así. Sería una forma de conocerla. –Bajó la voz, como si estuviera contando un secreto–. Cuando era pequeña, solía escaparme de noche por la ventana y cabalgar por las colinas de España. Mi niñera aseguraba que los muertos pueden verte a la luz de la luna. Saludaba al cielo para que mi madre supiera que era yo.

–Debía de ser algo digno de ver –susurró Diego. Sus miradas se encontraron, y ella sonrió–. ¿Qué fue de su madre?

Elena adoptó una expresión muy seria.

–Murió al nacer yo. Mi padre apenas habla de ella. Creo que le resulta muy doloroso.

Cobarde mentiroso, pensó Diego, culparla de la muerte de Esperanza. Levantó la vista y advirtió que Elena le miraba.

–Bernardo, he de preguntarle algo. ¿Ya nos conocíamos?

El anciano se puso en guardia.

–¿Por qué lo pregunta?

–No lo sé. Es algo extraño... Su voz...

Las emociones de Diego bullían como un volcán a punto de entrar en erupción.

–Eso es imposible –dijo con suavidad–. No he estado en España desde... desde antes de que usted naciera.

Elena asintió y dejó el cepillo.

–Por supuesto. –Sonrió–. Bien, en cualquier caso, tiene una voz muy agradable.

–Me alegro de que le guste.

–Buenos días, Bernardo –se despidió la joven antes de alejarse.

–Buenos días, Elena –dijo Diego para sí. De pronto la llamó–: Señorita.

Elena se volvió.

–Su madre debió de ser una mujer muy bella –añadió él.

La joven sonrió y salió del establo.

Diego permaneció inmóvil, conmovido por aquel encuentro con su hija. Cerró los ojos y apoyó la cabeza contra el corcel.

Alejandro aceptó el desafío de Love y llegó a la hora acordada. Se sintió complacido al ver que aún reparaban los barracones, que había destruido en su última visita.

El capitán le recibió en su despacho y sacó una jarra de vino y dos copas. Sin embargo, cuando se sentó al otro lado del escritorio, Alejandro advirtió que Love se llenaba la suya de una jarra que tenía debajo del mueble.

El capitán volvió a sentarse y le dirigió una mirada inquisitiva, como si le tomara las medidas.

–¿Sabía que los indios jíbaros del Brasil central comen a sus enemigos muertos con el fin de absorber su poder? Ver a través de los ojos de un adversario resulta muy valioso.

Alejandro se preguntó si su anfitrión intentaba asustarle. En tal caso, no tenía éxito. Se ajustó la manga de seda y esperó.

Love bebió un trago mientras le escudriñaba.

–Porque es en los ojos de un hombre donde se descubre la verdadera medida de su alma. –Tomó otro sorbo y sonrió–. He olvidado mis modales –agregó con aspereza–. ¿Le apetece una copa?

Love se agachó, sacó una jarra de cristal y de repente la empujó sobre el escritorio. El recipiente se deslizó sobre la superficie y se detuvo ante Alejandro, que reparó en una sombra oscura y turbia que flotaba en su interior. Mientras examinaba la forma, ésta adquirió una definición horripilante.

Quedó sin aliento al ver la cabeza de su hermano. Gracias a lo que le había enseñado Diego, consiguió mantener el rostro inexpresivo.

Love empujó hacia él una jarra más pequeña.

–¿Le apetece una cosecha diferente?

Una mano, la de Jack *Tres Dedos*, sobresalía del borde como una flor siniestra.

Alejandro se encogió de hombros.

–Está usted loco, capitán Love.

–Supongo que le resultará extraño ver cabezas en agua, manos en jarras de vino... –dijo Love con desdén.

–Bien, creo que debería despedir a su ama de llaves. –Alejandro indicó la cabeza de Joaquín–. ¿Quién es?

–Un enemigo. Tiene un hermano que pronto compartirá su mismo destino.

Love le miró de hito en hito para dejar claras sus intenciones. Alejandro sonrió sin inmutarse.

–Bien, le deseo suerte. –Sin apartar la vista de los ojos del capitán, alzó la jarra que contenía la cabeza de Joaquín y bebió–. A su salud –agregó con frialdad.

Love parpadeó; después, entornó los ojos.

–Sea o no el hermano de Murieta, usted no es lo que finge ser.

Alejandro se secó los labios con un pañuelo de seda.

–Tal vez algún día me vea a través de sus ojos, capitán Love.

La velada amenaza flotó en el silencio mientras Alejandro se levantaba y salía.

Corrió hacia una callejuela situada detrás de los establos y, oculto tras una valla alta, sacó su cuchillo. Con repentina furia, empezó a acuchillar un banco de madera.

Con los ojos arrasados en lágrimas, desahogó su rabia de la única forma en que podía... por el momento. El capitán Love había contraído deudas con él, por su hermano y un amigo.

El Zorro se encargaría de saldarlas.

Elena entró a caballo en la plaza, desmontó y ató el animal a un poste. Era día de mercado, y todos los agricultores y artesanos locales habían instalado sus puestos.

Paseó despacio entre las casetas, contemplando con agrado el alegre despliegue de frutas, flores, aves, cestas y cerámica indígena.

Una anciana le tiró de la falda y, sonriendo, le colocó un pañuelo en la mano.

–Es muy bonito –dijo la joven con cierta perplejidad.

No reconoció en la anciana a la niñera de su infancia, quien en cambio la había identificado al instante dado el gran parecido que guardaba con su madre. Dijo algo en su idioma nativo y le dio unas palmaditas en el hombro.

Elena se probó el pañuelo y se alegró al ver que le quedaba muy bien.

Cuando volvió la cabeza, la vieja había desaparecido. La buscó con la mirada y la descubrió detrás de un puesto, donde charlaba con una joven india.

–Perdone –dijo Elena con una sonrisa–. ¿Cuánto vale?

La joven india habló a su compañera, que negó con la cabeza.

–Dice que es un regalo –explicó la india–. En honor a su madre.

Elena lanzó una exclamación de incredulidad.

–¿Mi madre?

–Ella la quería mucho.

–Dígale que se ha confundido –replicó Elena mientras intentaba recobrar la calma–. Mi madre murió hace mucho tiempo, en España.

La muchacha india tradujo, y la anciana desechó sus explicaciones con un gesto. Habló de una forma intrigante al tiempo que señalaba la cara de Elena.

–Dice que nadie podría confundir a la hija de Diego y Esperanza de la Vega. Asegura que fue su niñera. Colgaba flores sobre su cuna cuando era un bebé.

Elena les tendió el pañuelo, con el corazón acelerado y las manos temblorosas.

–Lo siento. No puedo aceptarlo.

La anciana agitó una mano marchita antes de alejarse y enseguida desapareció detrás de otro puesto.

Elena, que estaba demasiado impresionada para seguirla, permaneció inmóvil, retorciendo el pañuelo amarillo entre sus manos. En apenas un par de horas, dos desconocidos le habían hablado de su madre.

Incapaz de olvidar las palabras de la joven india, Elena preguntó la dirección del antiguo rancho de la familia De la Vega.

Llegó cerca del ocaso, y la espectacular vista de la costa la sobrecogió. La propiedad estaba infestada de malas hierbas. Mientras caminaba entre las ruinas calcinadas, se volvió hacia lo que, en otro tiempo, había sido su habitación. Por la ventana rota escudriñó el horizonte. Se acercó más y vio las flores que crecían al otro lado. Formaban parte de un macizo de amapolas. Se aproximó aún más para aspirar su aroma.

El perfume, agradable y dulzón, despertó un torrente de recuerdos y sensaciones. De repente acudió a su memoria una canción de cuna, como la que Bernardo tarareaba al caballo.

Asaltada por un sinfín de preguntas sin respuesta, se encaminó hacia un muro desde el que se dominaba la ensenada.

Se sentó allí para contemplar cómo el sol se hundía en el horizonte, tal como había hecho su madre, Esperanza, veinte años antes, mientras esperaba a que el Zorro regresara a casa.

Alejandro estaba a punto de estallar.

A salvo en la caverna secreta de Diego, paseaba arriba y abajo, intentando contener su ira y frustración.

Diego le observaba con atención. Al menos, su alumno había tenido el sentido común de acudir allí, pero sabía por experiencia que la rabia anulaba toda racionalidad.

En aquel momento el joven mascullaba para sí. Una mala señal.

–Escúchame –pidió Diego con voz serena.

No obtuvo respuesta.

–¡Escúchame! –repitió a voz en cuello.

Alejandro se detuvo y le miró.

–Esta noche has de entrar en casa de Montero –indicó con firmeza–. Abre el cofre de su estudio y examina su contenido.

Alejandro meneó la cabeza.

–Veré esa jarra durante el resto de mi vida.

–¡Tu hermano está muerto, Alejandro! ¡Has de olvidarlo! –replicó con severidad Diego, que sabía muy bien qué era sufrir la desaparición de un familiar, arder en deseos de venganza–. Perdemos a nuestros seres queridos –añadió con tono más suave–; eso no puede cambiarse. Escucha, Alejandro; ya estás preparado. –Le puso una mano en el hombro–. Ya es hora de que el Zorro regrese.

El momento con el que Alejandro había soñado desde la infancia se aproximaba por fin; el momento de convertirse en el Zorro. Sin embargo, llegaba marcado por una cruel ironía.

–No me siento preparado –murmuró–. Hay gente muriendo en la mina, y yo sólo pienso en el capitán Love.

Diego asintió.

–Tendrás tu oportunidad. Muy pronto entrará en tu círculo. No hace falta que le persigas.

–¿Cómo puedo cumplir con mi deber, cuando sólo siento odio?

Diego sacó la máscara del Zorro.

–Con esto.

La levantó y la ató alrededor de la cabeza de Alejandro. Con ese acto le cedía el poder, como a un ángel al que se le conceden las alas.

El pequeño ritual surtió efecto. Alejandro notó de inmediato que despojaban a su alma de un gran peso.

–Gracias, don Diego –dijo con voz quebrada.

Diego le apretó el hombro.

–Te lo has ganado.

Se acercó a la pared para coger su espada.

–Ahora, hemos de ir a casa de Montero. Saltarás el muro cuando te haga la señal.

–¿Cuál es la señal?

Los ojos de Diego brillaron a la luz de la antorcha.

–Lo sabrás cuando llegue el momento.

13

Montero estaba muy tenso.

Al cabo de veinticuatro horas, California sería suya. Sentado en su patio privado en compañía del capitán Love, mordisqueó con nerviosismo el puro. Sobre la mesa había un plano de la mina de oro desplegado.

Love saboreó el cigarro que su anfitrión le había ofrecido. Le gustaba la riqueza y ansiaba el poder. Montero podía proporcionarle ambas cosas.

–Piense en ello –murmuró el capitán–. Mañana, a estas horas, será el dueño de todas las montañas y playas de California.

El comentario pareció poner aún más nervioso a Montero.

–A menos que...

–¿Qué?

Montero mordisqueó el cigarro.

–A menos que Santa Anna averigüe lo de la mina.

Love meditó sobre el problema y enseguida encontró una solución muy sencilla.

–Entonces, tendremos que destruir las pruebas. Enterrar la mina por completo.

–Imposible –objetó Montero–. ¿Cómo piensa colocar los explosivos y sacar a todos los trabajadores antes de mediodía?

–No pienso hacerlo –dijo Love.

Montero parpadeó; por un instante creyó que no le había entendido bien.

–Destruiremos todas las pruebas. No habrá testigos.

Un silencio de muerte siguió a las palabras de Love.

Montero se disponía a hablar cuando...

–¡Fuego! ¡Fuego!

Atraídos por el grito, ambos corrieron hacia la escalera. Montero le guió hasta la cocina, y la atravesaron a toda prisa en dirección a la ventana.

Cuando Montero abrió los postigos, un resplandor bañó su rostro. Love se asomó.

Al otro lado del valle se divisaban enormes llamas que iluminaban la ladera de la colina.

La cara de Montero adquirió una palidez espectral a la luz del fuego.

–Ha ocurrido de nuevo –susurró.

Al otro lado del valle, Diego obligó a su caballo a dar media vuelta, consciente de que tanto Montero como el Zorro habían visto su señal.

Los hombres de Montero atravesaron el valle en persecución del Zorro, pero éste estaba esperando a que se marcharan. Cuando los soldados salieron al galope de la hacienda, el Zorro se encaramó al muro, saltó a un balcón cercano y corrió hacia una puerta situada al final. Se detuvo al observar que sobre la mesa del patio había algunos documentos. Salvó la barandilla de un brinco y aterrizó en el suelo.

El Zorro no daba crédito a su buena suerte.

Entre los documentos se encontraba el plano de la mina de oro.

Oyó pasos. Se apresuró a esconderse tras una columna

del balcón, y un segundo después Montero apareció corriendo y se dirigió hacia la mesa.

A unos tres metros por encima de su cabeza, el Zorro observó cómo se apoderaba del plano.

Se asió con más fuerza a la columna y golpeó sin querer un enorme tiesto, que comenzó a tambalearse. Para evitar que cayera agarró la planta y casi la arrancó de la maceta, pero resistió.

Montero quedó inmóvil, como si intuyera la presencia de un intruso. Meneó la cabeza y salió del patio. Segundos después de que entrara en la casa, la planta se desprendió y el recipiente se estrelló contra el suelo.

Al cabo de unos minutos el Zorro descendió y siguió los pasos de Montero.

El vestíbulo estaba desierto. El Zorro se asomó por la esquina con cautela. No había nadie. Mientras avanzaba por el pasillo, vio una puerta abierta. Era el estudio de Montero.

Tampoco había nadie allí. Se fijó en que de la pared colgaba el retrato de una mujer que guardaba un notable parecido con Elena.

Picado por la curiosidad, se acercó un poco más. De pronto oyó pasos que se aproximaban. Paseó la vista en busca de un lugar donde esconderse, pero no encontró nada donde ocultarse.

Montero se detuvo al otro lado de la puerta.

–¿Ha enviado hombres a las colinas? –preguntó a Love con preocupación–. ¿Ha doblado la guardia del muro?

El capitán disimuló su irritación.

–Sí, sí, por supuesto –tranquilizó a Montero, que sin embargo continuaba inquieto.

Cuando entraron en el estudio, Love intentó calmarle.

–Al fin y al cabo, sólo buscamos a un hombre...

Montero arrojó el plano y los documentos sobre el escritorio.

–No es un hombre. ¡Es el Zorro! –Se volvió hacia la ventana–. Sabe lo de la mina. De lo contrario, no habría venido aquí esta noche.

–¿Cómo es posible?

Mientras Love formulaba la pregunta, una espada plateada descendió lentamente desde el techo, y la punta se dirigió hacia el plano que descansaba sobre el escritorio.

–¡Eso no importa ahora! –replicó Montero–. Si Santa Anna descubre que le hemos engañado...

El Zorro, estirado como un murciélago negro sobre el techo, escuchaba su conversación. Dejó caer el brazo y «atrapó» el plano con la espada.

Montero cogió los documentos del escritorio y se los entregó a Love.

–Ponga a buen recaudo estos papeles –murmuró–. He de hablar con Elena.

Love tomó los documentos y Montero salió de la habitación.

Encima de él, el Zorro retiró el plano de la punta de la espada y, unos segundos después de que Love se hubiera marchado, bajó al suelo.

Miró por la ventana.

Había guardias por todas partes.

Love, que se había detenido a mitad del pasillo para inspeccionar los documentos que Montero le había entregado, advirtió que el plano había desaparecido.

Examinó los papeles una vez más. Definitivamente, no estaba.

–¡Guardias! –vociferó al tiempo que miraba hacia el estudio.

Desenvainó la espada y corrió hacia allí. Cuando apoyó la mano en el pomo, la puerta se abrió de repente y se encontró ante un hombre enmascarado.

Antes de que pudiera exclamar «el Zorro», notó una fría hoja contra su garganta.

–Obedézcame, o es hombre muerto –le advirtió el Zorro.

Lo empujó contra la pared y se apoderó de su espada. Love intentó resistirse, pero el filo de acero se hundió un poco más en su garganta.

Cuando estuvo desarmado, Love se dejó arrastrar por el pasillo.

El Zorro mantenía la espada contra su cuello cuando doblaron la esquina.

El Zorro se detuvo al ver a dos guardias que alzaron sus mosquetes. Por fortuna el capitán Love constituía un excelente escudo. Aquellos hombres no podían disparar.

–Arrojad las armas y venid aquí –ordenó el Zorro con calma–. Vuestro capitán no es inmune a las balas.

Vacilaron. El Zorro zarandeó a Love.

–¡Dígaselo!

–¡Obedecedle! –exclamó el capitán con voz ronca.

Los guardias tiraron las armas y se acercaron al Zorro y su rehén.

–Alto –dijo el Zorro.

Los hombres se detuvieron junto a una amplia ventana salediza que daba al patio.

–Volveos de cara a la ventana.

Los soldados obedecieron, y el Zorro apretó la espada contra el cuello de Love al tiempo que le obligaba a avanzar hacia sus hombres.

–Inclinaos hasta tocaros los dedos de los pies –indicó–. Sé que es difícil con el uniforme.

Los guardias vacilaron y se miraron con perplejidad.

El Zorro sacudió una vez más a Love, que gruñó de dolor.

–¡Hacedlo!

El Zorro tenía razón. Resultaba difícil inclinarse con el uniforme. Los pantalones parecían a punto de rajarse.

Sin apartar el acero del cuello de Love, el Zorro propinó sendas patadas a los guardias, que cayeron por la ventana entre una lluvia de cristales y se estrellaron contra el suelo del patio.

En otra ala de la casa, Montero oyó el estrépito y abrió una ventana. Vio a los dos soldados desplomados sobre los adoquines. Después reparó en que Elena miraba desde la puerta, y su ira aumentó. Debía proteger a Elena del Zorro a toda costa.

Mientras tanto, el Zorro y Love pasaron sobre los mosquetes de los guardias.

–Vuélvase –le ordenó el enmascarado.

Love obedeció, seguro de que iba a matarle. Sin embargo, el Zorro envainó la espada y, cuando recogía los mosquetes, vislumbró unas figuras que se movían.

Vio reflejados en un espejo a tres guardias que pretendían atacarle por la espalda. Sin vacilar, disparó las dos armas hacia atrás, sin volverse.

Dos de los hombres se desplomaron, y sus balas se incrustaron en el techo y desprendieron la araña, que se precipitó sobre su compañero.

Love aprovechó aquel momento para derribar al Zorro. Éste observó aturdido que su adversario corría hacia uno de los guardias caídos y se apoderaba de su espada.

Cuando Love se volvió, el Zorro ya estaba de pie, en guardia.

En cuanto sus aceros chocaron, los dos hombres comprendieron que necesitarían de toda su pericia para sobrevivir. La rabia de Love aportó energía a sus músculos, y sus potentes mandobles obligaron al Zorro a retroceder.

Sus espadas se movían a una velocidad endiablada. De pronto, Love giró en redondo y de un revés envió a su enemigo contra la pared.

El Zorro parpadeó, intentando enfocar la vista.

Love atacó.

En aquel momento, Montero dobló la esquina.

Al ver el negro espectro del Zorro, que había regresado del pasado, estuvo a punto de desmayarse.

Observó con horror que el Zorro se separaba de la pared y arremetía contra Love, al que, tras una espectacular serie de estocadas y quites, obligó a retroceder.

Montero desenvainó la espada y se sumó a la pelea. Humano o fantasma, mataría al Zorro.

De pronto, el Zorro se vio atacado desde la derecha por Montero y desde la izquierda por Love. Desenfundó el acero que había arrebatado al capitán y luchó con los dos al mismo tiempo, con un arma en cada mano.

Pese a su destreza, la desventaja era evidente. En cuestión de segundos, una u otra espada pondrían fin a la breve carrera del Zorro.

Se precipitó hacia una puerta abierta y se encontró en una habitación a oscuras.

Montero y Love le siguieron.

Aunque sólo se atisbaban formas vagas en la oscuridad, los tres hombres combatían con furia, lanzando estocadas a sombras danzarinas.

De pronto Love se encontró luchando solo con el Zorro. Gracias a una serie de brillantes arremetidas lo arrojó al suelo. El Zorro estaba indefenso.

Había llegado el turno de Love. Apretó su espada contra la garganta de su odiado enemigo.

14

–¡Guardias! –exclamó Love con tono triunfal.

Al instante aparecieron tres soldados. Uno llevaba una antorcha. Love se la arrebató al tiempo que lanzaba una carcajada.

–¡Bien! ¡El gran Zorro ha sido derrotado por fin!

Movió la antorcha para que su luz bañara al prisionero. El rostro de Love se descompuso.

¡Era Montero!

–¡Idiota! –le espetó el hacendado–. ¡Estúpido! ¡Le ha dejado escapar!

El Zorro, que se ocultaba en el balcón a la espera del momento oportuno para escapar, vio que cinco hombres entraban como una exhalación en el patio, al mando del cabo García.

Resonaron pasos a sus espaldas cuando un grupo de soldados corrió hacia él.

El Zorro se pegó a la pared y miró a ambos lados en busca de una escapatoria, pero no vio la figura oscura agazapada en las sombras, que vigilaba todos sus movimientos.

Escondida detrás de la cortina, Elena observó que el bandido enmascarado huía en el momento en que los soldados irrumpían en el balcón. La joven se debatía entre la lealtad a su padre y el miedo que le inspiraba el Zorro.

Una cuadrilla de soldados que subía por la escalera bloqueó la huida del forajido, que se encontró atrapado entre los dos grupos de guardias. Los hombres alzaron las espadas y comenzaron a gritar como locos.

–Excúsenme, caballeros –murmuró el Zorro–. Voy a tomar un poco el aire.

Tras estas palabras, se arrojó de cabeza al patio. Los dos grupos de guardias chocaron en una confusión de cuerpos enredados y gritos airados.

El Zorro aterrizó sobre los pies, como un gato. Entonces, advirtió que el cabo García le esperaba con sus hombres, que de inmediato lo atacaron y acorralaron contra la gran mesa.

Un soldado muy imprudente se precipitó hacia el Zorro, que se apartó y le golpeó en la cabeza.

Después dio media vuelta y utilizó la espalda del hombre como escalerilla para trepar a la mesa.

–Ah, qué hermosa noche para atravesar el corazón de alguien –exclamó mientras manejaba el acero a una velocidad enloquecedora–. ¿Quién quiere ser el primero?

Desde su posición podía mantener a raya a los guardias al tiempo que buscaba una escapatoria. Sólo podía ser hacia arriba. Saltó y se agarró con una mano a una rama que colgaba sobre la mesa mientras con la otra blandía el arma. En aquel momento Montero y Love entraron en el patio. Consciente de que eran mucho mejores espadachines que los torpes guardias, decidió actuar.

Sujetó la espada entre los dientes, asió la rama y voló sobre las cabezas de sus atacantes en dirección a un enorme mapa de California que colgaba de la pared. Plantó cara a sus enemigos, encabezados por Montero y el capitán, y cuando se acercaban cortó las cuerdas que sostenían el mapa. La lona se hinchó como una vela y cayó sobre sus agresores.

El Zorro saltó sobre la tela.

Cuando los soldados se pusieron en pie, el Zorro ya había desaparecido.

Al amanecer todo el destacamento seguía buscando al Zorro.

Cuando los primeros rayos del sol acariciaron el muro exterior de la propiedad, cuatro soldados a caballo pasaron al galope ante los establos de Montero.

Una figura oscura surgió de detrás del abrevadero y corrió hacia la puerta del establo.

El Zorro se coló en el interior. Algunos caballos relincharon con inquietud. Se pegó a la pared, a la espera de que se calmaran.

La puerta se cerró de golpe a su espalda.

El Zorro dio media vuelta y vio a Elena, que, cubierta con un manto, empuñaba una espada en la mano derecha.

Cuando sus miradas se encontraron, un par de guardias pasó corriendo por delante del establo, gritando algo ininteligible.

–Buenas noches, señorita –saludó con calma el Zorro.

Elena sonrió.

–Buenas noches, señor.

–Debería ser más prudente –advirtió el Zorro devolviéndole la sonrisa–. Hay hombres peligrosos por aquí.

De pronto la joven se puso seria y tendió la mano.

–Démelo –dijo con brusquedad.

–¿Qué?

–Lo que ha robado a mi padre. Quiero que me lo devuelva.

El Zorro soltó una carcajada y se encaminó hacia la puerta. Cuando llegó a su lado, la muchacha alzó el arma.

–Oh, venga ya –exclamó él.

Al ver que continuaba avanzando, Elena lanzó una estocada veloz, precisa y mortal.

El Zorro se agachó y desenvainó su arma, pero en lugar de pelear saltó hacia un lado.

–No tengo tiempo de darle una lección.

Elena se interpuso entre él y la puerta.

–Las he recibido desde que tenía cuatro años.

Arremetió de nuevo, y la hoja desgarró la camisa del Zorro.

El hombre se palpó el corte. A continuación hizo una reverencia y atacó. Las hojas de acero destellaban como rayos mientras se movían con rapidez hacia atrás y hacia delante. Al ver que el manto le estorbaba, Elena lo arrojó al suelo y luchó con sólo el camisón. El filo de su enemigo le cortó un tirante y dejó al descubierto un hombro.

–No está mal –le felicitó ella.

–No está nada mal –admitió el Zorro, devolviéndole el cumplido.

La muchacha le embistió con furia una vez más, y el Zorro partió el otro tirante del camisón.

–No está acostumbrada al peso de la espada –observó.

Sus palabras burlonas enfurecieron aún más a Elena, que cogió el manto y se lo lanzó a la cara para distraerlo. Acto seguido le rasgó la camisa desde el pecho hasta el hombro.

–Impresionante –dijo el Zorro.

–¡Ya lo creo! –exclamó ella al tiempo que admiraba los músculos del hombre.

Elena redobló sus esfuerzos al sentirse más confiada, y su espada siseó como una serpiente. Atrapó el arma del Zorro con el manto y la envió al otro lado de los establos.

–Esto complica aún más la situación –reconoció el Zorro con expresión pesarosa.

Elena exhibió una sonrisa de triunfo y se abalanzó hacia su adversario, que tropezó y cayó sobre una bala de heno. La joven le lanzó una estocada, y el Zorro se apresuró a juntar los talones. Brotaron chispas de sus espuelas cuando atraparon la espada de Elena, arrancándosela de la mano.

Desarmada, la muchacha corrió para coger el arma del Zorro. Éste sopesó el acero de la joven. Era mucho más ligero que el suyo, lo que significaba que Elena sería más lenta y él mucho más rápido.

De pronto, el Zorro se precipitó hacia ella y de un mandoble le arrebató la espada, que se clavó en la pared.

–Ha luchado con valentía –afirmó con un suspiro–, pero al final la he derrotado.

Ella le miró con los ojos brillantes.

El Zorro apoyó la punta del acero contra el cuello de Elena y la obligó a retroceder hasta una bala de heno. El sol que entraba por una ventana elevada iluminaba su cara; estaba hermosísima.

–¿Se rinde? –musitó.

–Jamás –susurró la joven–. Pero puedo chillar.

–A veces causo ese efecto.

La besó. Después se apartó y la miró a los ojos. Elena no se resistió cuando inclinó la cabeza de nuevo.

Sin embargo esta vez no la besó. Recogió su sombrero, se lo puso y se llevó una mano al ala.

–Buenos días, señorita.

El Zorro arrojó la espada de Elena, que se hincó en un poste, y tras retirar la suya de la pared saltó a una escalerilla, y de allí al henal.

Al cabo de unos segundos había desaparecido.

Al verlo alejarse, Elena se sintió decepcionada.

De pronto, las puertas se abrieron. Montero entró a toda prisa, seguido de Love y algunos guardias.

–¡Elena! –exclamó al ver el camisón roto de su hija–. ¿Qué haces aquí? ¿Qué ha ocurrido?

Ella le miró con cierta turbación.

–El Zorro... El Zorro ha estado aquí. He luchado contra él... Acaba de marcharse. –Su rostro se encendió de cólera–. ¡Se ha ido!

Montero corrió hacia la puerta posterior. Las inmediaciones estaban desiertas. Entretanto, su hija desclavó su espada del poste, sin dejar de pensar en el beso del Zorro.

–¿Has averiguado quién era? –preguntó su padre–. ¿Le has reconocido?

Elena intentaba recobrar la calma.

–No. Era joven... y... vigoroso. Muy vigoroso.

A continuación acuchilló el aire con el acero en un gesto furioso, ante la sorpresa de Montero, que la observó con perplejidad. No le gustaba aquella reacción.

El sonido de cascos de caballos en el exterior atrajo la atención de Montero, que se encaminó con Love hacia la puerta, seguido de cerca por García.

–No hemos visto a nadie, señor –informó el soldado al capitán–. Hemos registrado la zona situada al este de...

–Muy bien –interrumpió Love–. Id al puente para cortarle la retirada.

–Sí, señor.

Mientras los soldados se alejaban al galope, Love se volvió hacia García.

–Reúna a sus hombres y rastree el bosque. Si lo encuentra, mátelo. Si no está seguro de que sea él, mátelo también.

Ni siquiera las implacables órdenes de Love consiguieron aplacar la ira de Montero, que con los ojos brillantes de odio se acercó al militar.

–Será mejor que esta vez acaben con él –masculló.

Los cascos de los caballos resonaban en el bosque silencioso. García y sus guardias avanzaban entre los árboles, decididos a capturar a su presa.

–¡Desplegaos! –exclamó el cabo–. No debe escapar.

Desde la maleza, el Zorro observó cómo los soldados formaban una hilera y, cuando hubieron desaparecido en la espesura, salió de su escondite.

Emitió un silbido. Un corcel negro surgió de entre los árboles y corrió hacia él.

A varios metros de distancia, García percibió el silbido y tiró de las riendas al tiempo que vociferaba:

–¡Le he oído! ¡Por aquí!

Los guardias dieron media vuelta y galoparon en dirección al Zorro, que al advertir que se acercaban corrió hacia *Tornado* y aferró la silla.

–Ha llegado el momento de demostrar que no sólo eres bonito. ¡Larguémonos!

Tan pronto como oyó la palabra «larguémonos», *Tornado* salió disparado, pero el Zorro aún no había acabado de montar. El caballo le arrastró a través de la maleza, hasta que por fin logró soltarse y fue a parar junto a un árbol caído.

Se agachó detrás del tronco al ver que García y sus hombres se aproximaban al galope, en persecución de *Tornado*, y cuando el último soldado de la fila pasó de largo, se puso en pie. Se encaramó al árbol y corrió sobre el tronco hasta alcanzar a la última montura. De un salto se sentó sobre el caballo, detrás de la silla.

–Perdone. ¿Está ocupado este asiento?

Cuando el jinete se volvió, el Zorro lo arrojó al suelo.

La formación en fila de a uno que García había ordenado convenía a los propósitos del Zorro. Se acercó al último soldado, saltó sobre su cabalgadura y lo derribó.

El Zorro arrojó al suelo a los guardias uno tras otro, hasta que sólo quedó García, a quien decidió conceder un trato especial.

El cabo, ignorante de lo que había sucedido a su espalda, cabalgaba tras el corcel negro del Zorro. Cuando entregara el cadáver del bandido enmascarado a Montero, sería un hombre rico, pensaba. De repente, una nube negra pasó por encima de su cabeza. Levantó la vista y con los ojos desorbitados observó cómo el Zorro se cernía sobre él, con la capa desplegada como alas negras.

De pie sobre dos caballos, el enmascarado rebasó al cabo y avanzó a toda velocidad hacia la rama baja de un árbol.

El Zorro estorbó la visión de García, hasta el instante en que saltó sobre la rama y aterrizó sobre las dos monturas. García no tuvo tanta suerte.

El obeso oficial apenas si vio la gruesa rama antes de que le golpeara. Salió disparado hacia atrás y se desplomó hecho un guiñapo.

Todavía de pie sobre los dos caballos, el Zorro alcanzó a *Tornado* y se encaramó a su lomo. Se acomodó sobre la silla plateada, espoleó al animal y corrió hacia la libertad.

15

A salvo en la cueva secreta, Alejandro mostró con orgullo a Diego el plano de la mina de oro.

La sangre del joven Zorro aún hervía después de sus aventuras.

–Aquí está el cañón –explicó señalando el mapa–, y aquí la mina. Habrá unos veinticinco o treinta guardias, a lo sumo. Nada que el Zorro no pueda superar –añadió con una sonrisa–. O dos Zorros, por cierto.

Diego dio media vuelta.

–No iré contigo –murmuró.

–¿Qué?

Los ojos de Diego brillaban a la luz de la antorcha.

–Debo hacer algo. Se trata de un asunto personal.

Por un momento Alejandro quedó sin habla. Cuando abrió la boca, su voz traicionó su sorpresa y rabia.

–¿Otro de sus secretitos? ¿Qué será de los prisioneros?

–No puedo hacer nada más por ellos.

–Quiere decir que no hará nada –replicó Alejandro con desdén–. Hace caso omiso de sus sufrimientos. ¡Sólo piensa en usted!

–¡Les he entregado mi vida! –gritó Diego. Después su ira dio paso al dolor–. ¿Sabes lo que me costó ser el Zorro? –musitó, casi para sí–. Lo perdí todo. –Su ronco su-

surro acuchilló el silencio–. Mi mujer fue asesinada ante mis propios ojos. Mi hija fue secuestrada y adoptada por mi peor enemigo.

Diego inclinó la cabeza con congoja.

–Elena... es su hija –murmuró Alejandro.

–Lo era.

–Por lo tanto, se vengará.

Diego alzó la cabeza.

–Recuperaré a mi hija –afirmó con voz ronca, pálido de rabia–. Y no finjas que no significa nada para ti.

Alejandro no lo negó. Él también lo había perdido todo. La cólera se transparentó en su voz.

–Usted me ha enseñado que no hay que dejarse arrastrar por los sentimientos personales. ¿Acaso todo era una mentira?

–Eres demasiado joven para comprender.

–¿Para comprender qué? ¿La traición? –preguntó Alejandro con la mandíbula tensa de furia–. Todo el trabajo, todo el adiestramiento, todas esas palabras sabias..., ¿para qué? ¿Para sonreír al asesino de mi hermano mientras usted maquina sus propios planes?

–No, Alejandro –le dijo Diego con un suspiro–. Te enseñé lo que necesitabas para sobrevivir, pero ahora debo ocuparme de mi corazón. –Le lanzó una mirada desafiante–. Ella es lo único que me queda. No pienso volver a perderla.

Mi hermano, en cambio, está muerto, pensó con amargura Alejandro.

–¿Qué será de California? –inquirió–. ¿Qué será de sus gentes?

Diego se encogió de hombros.

–Aún tienen al Zorro.

El joven dirigió una mirada de desprecio a Diego antes de salir de la caverna. Al pasar junto a la mesa de madera donde descansaban la cruz de oro y los candeleros del anciano, los derribó de un golpe y siguió su camino.

El caballo bayo de Harrison Love estaba cubierto de sudor cuando entró al galope en el rancho de Rafael Montero. Los guardias se apartaron para dejarle paso.

Encontró a Montero sentado en el patio, con la vista clavada en un mapa de California que colgaba de la pared; el mismo que el Zorro había descolgado horas antes.

La expresión del hacendado era extraña, como si sufriera alucinaciones. Love se acercó con cautela a la mesa.

–Todo el patio está vigilado –dijo–. Si aparece... –De pronto se dio cuenta de que Montero no le escuchaba–. ¿Se encuentra bien?

Montero le miró por fin.

–¿Tiene el plano?

–Lo encontraremos –aseguró Love.

Montero no quedó convencido.

–¿Su ejército está preparado para luchar contra las tropas de Santa Anna?

–No, señor.

–Entonces ¿por qué me pregunta si estoy bien? ¡Claro que no estoy bien! –La voz de Montero adquirió un tono frío–. Empiezo a preguntarme si desea que esta operación acabe con éxito, capitán Love.

Love montó en cólera al oír la acusación y descargó el puño sobre la mesa.

–¿Qué insinúa, don Rafael?

–Me temo que mi caballo podría dirigir este ejército mejor que usted.

Ambos hombres se miraron en silencio largo rato, a punto de iniciar un duelo. La mano de Love se cernía sobre su pistola. Sin embargo, debido a su formación militar, contuvo su cólera. Montero era su comandante y su patrón, así como el padre de Elena.

–He dicho que le encontraré –replicó con frialdad Love–. No debe dudar de ello.

–Tal vez pueda ahorrarle la molestia –intervino alguien.

Al oír la voz, Montero sintió el frío del acero contra su garganta. Bajó la vista y vio una espada que se extendía desde una arcada en sombras.

Al instante Love buscó su pistola.

–Adelante –dijo la voz con calma–. Cójala, capitán.

Love captó la gravedad mortífera con que el hombre había pronunciado aquellas palabras. Poco a poco bajó la mano.

–¿Quién es usted? –inquirió Montero, presa del pánico.

–Ya le advertí, don Rafael, que nunca se libraría de mí –afirmó la voz desde las sombras.

El acero descendió despacio por la garganta de Montero, hasta apartar el cuello de la camisa y dejar al descubierto una antigua cicatriz en forma de zeta.

–De la Vega... –musitó el hacendado con el rostro demudado.

Diego salió de la oscuridad.

–Hola, Rafael.

Montero le miró de hito en hito.

–Tú..., tú no eras el Zorro que vi anoche. –Entonces comprendió y sonrió con pesar–. Era tu «amo», don Alejandro.

El rostro de Diego no reveló ninguna emoción.

–Hay muchos que se alegrarían de llevar la máscara.

Love miró a Diego con estupefacción.

–En cualquier caso, llegas demasiado tarde. –La sonrisa de Montero se convirtió en una desagradable mueca burlona–. Hay una serie de acontecimientos en marcha que ya no puedes parar.

–No he venido para detenerte –lo corrigió Diego al tiempo que apretaba la espada contra el cuello de Montero–. Llama a Elena.

El hacendado le miró con los ojos llenos de odio.

–Llámala, Rafael, o nunca volverás a llamar a nadie más.

Diego le hincó un poco más la hoja, hasta que casi brotó sangre. Al comprender que su adversario le mataría, Montero pidió a Love:

–Traiga a mi hija, capitán.

–¿Señor? –dijo Love, incapaz de creer que su amigo estuviese dispuesto a poner en peligro a Elena.

–¡Tráigala!

Love se marchó preguntándose si Montero era un cobarde o un genio.

Por fin a solas, los dos viejos enemigos quedaron cara a cara.

–No puedes ni sospechar con cuántas formas diferentes de matarte he soñado, Rafael –masculló Diego–. He imaginado torturas que hasta a ti te helarían la sangre en las venas.

–¿De veras? –murmuró Montero–. Yo en cambio no he pensado en ti ni un solo minuto.

Diego rió y, muy a su pesar, admiró la actitud desafiante de Montero, aunque se fijó en que la mano de su enemigo temblaba.

Sin embargo, el hacendado también contaba con un arma.

–Haz lo que quieras, De la Vega. Si yo muero, la verdad morirá conmigo.

Diego vaciló por un instante.

–¡Padre!

Los dos hombres se volvieron cuando Elena entró en el patio, seguida de Love. Por un segundo Diego creyó que le había llamado a él. Después, observó sus ojos y comprendió que la joven sólo veía al criado Bernardo, que amenazaba a su progenitor con una espada.

–¡Bernardo! ¿Qué hace?

–Díselo, Rafael –ordenó Diego, incapaz de soportar aquella situación.

Montero, consciente de su ventaja, guardó silencio.

–¿Qué ha de decirme? –preguntó Elena–. ¿Qué pasa?

–¡Dile quién es su verdadero padre! –exclamó Diego al tiempo que apretaba más la espada.

Un reguero de sangre resbaló por el cuello de Montero, que estuvo a punto de desfallecer. Después sonrió.

–Este desgraciado perdió a su hija hace mucho tiempo y a raíz de eso enloqueció –explicó con calma–. Ahora, afirma que eres su hija.

La frustración de Diego aumentó al comprender que, si mataba a Montero, Elena nunca conocería la verdad.

–Cuéntale cómo murió su madre.

–Tu hija falleció, De la Vega. No puedes reclamar la mía –dijo Montero con sorna.

–¿De la Vega?

La pregunta de Elena resonó en el silencio como una campana.

Montero comprendió que había cometido un error.

Cuando se volvió hacia la joven, Love clavó la mirada en Diego, decidido a matarle a la primera oportunidad.

Elena, desgarrada entre la confusión y la sorpresa, balbuceó:

–Una mujer de la ciudad... me habló de... –Miró a Diego–. ¿Diego de la Vega?

El anciano asintió, con el corazón henchido de emoción.

La muchacha desvió la vista hacia Montero.

–¿Padre?

El hacendado vaciló.

–Su nombre carece de importancia –dijo por fin.

Elena se volvió de nuevo hacia Diego.

–Me dijeron que mi niñera colgaba algo sobre mi cuna.

Embargado por la emoción, Diego explicó:

–Sí. Su madre pedía que pusieran... –Se interrumpió cuando Love desenfundó la pistola y le apuntó.

–¡No! –exclamó Elena colocándose delante de Diego con la intención de protegerle.

Diego y Montero revivieron la noche en que Esperanza había muerto y reaccionaron al mismo tiempo.

Presa de la desesperación, Montero apartó el brazo de Love, en tanto que Diego empujaba a Elena para librarla del peligro.

La pistola se disparó.

Al oír la detonación, tres guardias entraron corriendo en el patio y, tras detenerse, apuntaron con los fusiles a Diego. Una vez más Elena se interpuso entre el anciano y las armas.

–¡No!

Diego se negó a utilizar a su hija como escudo; avanzó con la espada levantada, dispuesto a combatir.

–Arroja el arma –ordenó Montero con tono cansino–, o no tendré más remedio que matarte. –Movió la cabeza en dirección a Elena–. Aunque sea en presencia de mi hija.

Elena adivinó que hablaba en serio. Miró al supuesto criado con expresión suplicante.

–Por favor, Diego, ríndase.

Se miraron a los ojos, y Diego percibió temor en los de su hija. Dejó que la espada resbalara lentamente de su mano y, cuando la hoja tocó el suelo, dos guardias se apresuraron a inmovilizarle los brazos mientras el tercero los cubría.

Antes de que se lo llevaran, Diego se volvió hacia Elena.

–Flores –susurró–. Amapolas.

La joven palideció, invadida por un huracán de emociones. Recordó a la mujer del mercado, y el dulce perfume de amapolas que había percibido en la playa. Incapaz de hablar, observó cómo los soldados se alejaban con Diego.

Cuando éste pasó delante de Montero, se detuvo, con el rostro a escasos centímetros del de su enemigo.

–Ella lo sabe –susurró.

Montero sonrió.

–Eres hombre muerto –murmuró, y su sonrisa se convirtió en una mueca desagradable cuando se acercó aún más a su rival–. Me encantaría matarte ahora, y aplacar los sufrimientos de ambos, pero debo eliminar al Zorro, y sólo tú sabes dónde está. Por eso, vivirás algunas horas más. –Tras hacer un gesto a los guardias, añadió–: Encerradle.

Mientras se llevaban a rastras a Diego, Montero cruzó el patio y abrazó a Elena.

–Gracias a Dios –musitó–. Podría haberte matado.

La joven se apartó con suavidad.

–Quiero conocer la verdad –dijo con firmeza.

–Ya te he dicho la verdad –replicó el hacendado con expresión severa–. Ese hombre está loco.

–Quiero que me contestes. ¿Diego es mi padre?

La pregunta retumbó en el repentino silencio.

Montero exhaló un suspiro de impaciencia.

–Yo soy tu padre y siempre lo seré. Entra en casa.

Elena le observó con atención largo rato, como si la verdad estuviera grabada en sus facciones impenetrables. Al final, consciente de que no le revelaría la verdad, dio media vuelta y corrió hacia la mansión.

Cuando se marchó, Montero se volvió hacia Love.

–Si vuelve a poner en peligro la vida de mi hija, le mataré –amenazó con furia gélida.

Love no se amilanó.

–¿Y si lo que él le ha dicho fuera verdad? –murmuró.

Incapaz de contestar, Montero caminó hacia la escalera.

–Vaya a buscar los caballos. Iremos a la mina.

Cuando los dos hombres se alejaron, una figura emergió de un nicho. Elena lo había oído todo.

Sus ojos destellaron como rayos negros cuando decidió lo que debía hacer.

Como alguien atrapado en una pesadilla recurrente, Diego fue arrojado al frío suelo de una mazmorra.

Permaneció tendido hasta que los guardias se fueron y luego se puso lentamente en pie.

A continuación palpó los goznes de la puerta; eran sólidos, por desgracia. No consiguió mover los pernos que los sujetaban.

Mientras examinaba la puerta, oyó pasos. Dio un salto atrás cuando una llave giró en la cerradura.

Acto seguido un guardia entró en la celda. Tenía una extraña expresión en el rostro.

Se produjo un veloz movimiento, y la culata de una pistola le golpeó la cabeza.

Cuando el guardia se desplomó, Diego vio que Elena se hallaba detrás, pistola en mano.

16

El sol arrancaba reflejos del catalejo de Love, que escudriñaba la zona de la mina en busca del Zorro.

Los esclavos caminaban a lo largo de la red de puentes de madera y vías de tren, trabajando como de costumbre.

Love bajó el anteojo y se lo pasó a Montero, que estaba agachado a su lado sobre la loma.

–Le llevamos ventaja –dijo Love con cierto alivio–. No se le ve por ninguna parte.

Montero examinó el lugar y después tomó un largo trago de la cantimplora.

–No existen motivos para alegrarse –murmuró–. Aún quedan dos horas.

Ambos hombres montaron en sus caballos y empezaron a descender por la pronunciada ladera en dirección a la mina.

Más abajo, los guardias vigilaban el traslado del oro. No apartaban la vista de los esclavos, mientras los pesados lingotes pasaban de mano en mano hasta ser cargados en cestas que la pesada rueda de paletas elevaba. Por último las piezas se amontonaban en los carromatos que esperaban.

Cuando Love llegó, se encaminó de inmediato hacia la mina en busca del Zorro. Montero se quedó en la plataforma para supervisar toda la operación y se impacientó al considerar que se trabajaba con lentitud. Se acercó a un carromato, echó hacia atrás la lona y contempló las pilas de lingotes. Cada vehículo valía un Potosí.

Al cabo de dos horas sería un rey, pensó con jactancia; el gobernador de toda California.

Unos soldados transportaban barriles de pólvora al interior de los cuatro pozos principales de la mina mientras otro grupo sacaba mechas largas de cada túnel.

Al ver los preparativos, dos esclavos jóvenes se miraron con terror, pues comprendieron cuál era el destino que aguardaba a la mina... y a ellos. Un guardia los empujó hacia la salida del pasadizo con su fusil.

En el interior, un esclavo de avanzada edad cayó al suelo, agotado. Un soldado intentó reanimarle sin éxito.

–¡Agua! –exclamó.

Un monje encapuchado surgió de las sombras con un cubo, se agachó para verter agua en la boca del hombre desmayado. Cuando el viejo abrió los ojos, vio la máscara negra bajo la capucha.

El Zorro se llevó un dedo a los labios.

En el exterior, un soldado ataba juntas las cuatro mechas. Todo estaba preparado para la explosión final.

Love hizo una señal al jefe de la guardia.

–Muy bien –exclamó–. Encerradlos.

Los soldados empezaron a conducir hacia unas enormes jaulas situadas en la base del cañón a los esclavos, que bajaron por las escalerillas y andamios, pero el pánico provocó que muchos cayeran.

Registraron todos los pozos en busca de rezagados. Cuando el último guardia salía de un túnel, se fijó en un bulto que yacía en el suelo.

Quedó perplejo al descubrir que era un hábito de monje y al instante recibió un golpe que le privó de la conciencia.

El Zorro, ataviado con la capa y la máscara negras habituales, corrió hacia la salida del túnel. Una vez fuera, se ocultó tras una vagoneta y vio que los últimos prisioneros eran empujados hacia las jaulas. Miró hacia el otro lado y observó que colocaban lingotes en el montacargas improvisado.

Love supervisaba la operación. Cuando la última pieza de oro ocupó su sitio, unos guardias apartaron al esclavo y otros se encargaron de llevarlo hasta la jaula.

Cuando el cesto se elevó hacia la plataforma, los esclavos encerrados comenzaron a golpear los barrotes.

Montero consultó el reloj; eran las once menos diez minutos.

Hizo una señal. Love la vio y respondió de la misma forma antes de alejarse cabalgando. Desmontó al lado de las mechas anudadas, desenfundó la pistola y apretó el gatillo.

El disparo prendió fuego al manojo, que comenzó a sisear como una serpiente enfurecida.

Los prisioneros atrapados chillaron de miedo cuando la mecha ardiente avanzó hacia los barriles de pólvora, conscientes de que la explosión les enterraría vivos.

Desde su escondite, el Zorro vio que Montero vigilaba la operación de cargamento. Aún quedaban algunas cestas, y un carromato vacío.

–Deprisa –exclamó el hacendado con nerviosismo–. ¡Las mechas están ardiendo!

Dos guardias subieron a toda prisa al carromato. Love y sus soldados iniciaron la retirada. Mientras ascendían por la empinada pendiente, los últimos dos guardias se volvieron para mirar.

Vieron que una figura enmascarada corría por un andamio. Era el Zorro, que avanzaba hacia la mecha encendida, con la capa extendida como alas negras.

Los dos soldados levantaron sus fusiles y dispararon. En ese instante el Zorro saltó desde una escalerilla al túnel de una mina. Al oír las detonaciones, Love tiró de las riendas de su montura.

–¡Esperad! –ordenó a sus hombres al tiempo que daba media vuelta para lanzarse al galope en dirección a la mina.

Los dos soldados que habían disparado ya escalaban por el andamio en persecución del Zorro, mientras los prisioneros que gritaban en las jaulas contemplaban con horror la mecha ardiente. A cada momento que pasaba, la llama siseante los acercaba un poco más a su final.

El Zorro seguía ascendiendo, perseguido por los dos guardias. Love llegó a la zona y, al ver lo que ocurría, se apeó de su caballo y cortó la mecha con la espada.

Los prisioneros se derrumbaron contra los barrotes, aliviados.

Love trepó al andamio, hacia los carromatos llenos de oro que esperaban.

–¡Vigilad los carros! –exclamó a sus guardias–. ¡Estad alerta!

En ese instante Montero vio que el Zorro corría hacia la rueda que alzaba el montacargas. Cogió su fusil y se volvió hacia sus hombres.

–¡El Zorro! –gritó–. ¡Está aquí! ¡Matadle!

Las balas silbaron alrededor del Zorro mientras se agarraba a una paleta y la noria lo izaba. Advirtió que a sus pies los soldados se precipitaban hacia la escalerilla y se la arrebató justo a tiempo. La encajó en el centro de la gigantesca rueda, que se inmovilizó con un crujido, y el montacargas quedó colgado en el aire.

Estaba rodeado. Los dos soldados que le habían descubierto habían dado un rodeo y ya ascendían por el otro lado de la plataforma. Corrieron hacia la noria con las pistolas desenfundadas.

Cuando llegaron, el Zorro había desaparecido. Miraron alrededor con estupefacción. No había ningún sitio donde esconderse. De repente el Zorro se lanzó desde lo alto de la rueda, cogió a cada guardia por el fondillo de los pantalones y los arrojó por el borde.

Otros soldados escalaban ya por la plataforma. No había forma de detenerles, ni de escapar. Excepto una: el cable de tensión.

Así pues, se deslizó por el cable hasta el andamio y, en cuanto se posó, dos soldados se abalanzaron sobre él empuñando las espadas. El Zorro los repelió.

Love escaló el andamio para sumarse a la lucha, pero llegó un poco tarde. Montero ya tenía al Zorro en la mira de su fusil. Sería un honor para él matar al forajido enmascarado.

Apretó el gatillo con una sonrisa malvada. De pronto una espada apartó el arma a un lado, y el disparo salió desviado. El hacendado se volvió con estupefacción y la punta del acero se apoyó contra su garganta.

–¡De la Vega! –exclamó Montero casi sin aliento.

Diego le propinó un golpe con la empuñadura, y el hacendado cayó al suelo.

Advirtió que alguien lo contemplaba: Elena.

Ver a su hija espoleó la furia de Montero, que tras desenvainar la espada se puso en pie de un brinco y atacó. Diego detuvo cada estocada, pero al final su enemigo consiguió acorralarle contra la barandilla.

Al otro lado de la mina, el Zorro tenía problemas. Los soldados le acosaban por ambos lados. A pesar de su pericia como espadachín, le resultaba imposible contener a tantos.

Un soldado arremetió contra él, y su espada pasó a escasos centímetros del corazón del Zorro, quien dio un brinco, lo agarró y arrojó contra los demás. Acto seguido cruzó a toda prisa la plataforma y saltó sobre un conducto de agua cercano, mientras un grupo de guardias le perseguía.

Tras encaramarse al depósito, tiró de la cadena, con lo que liberó un torrente de líquido, que arrastró a sus enemigos.

Aferrado a la cadena, se balanceó en el aire y, cuando se posó en el suelo, vio que un guardia alto corría hacia él blandiendo un hacha de mango puntiagudo, que se apresuró a arrojar. Mientras el arma giraba en su dirección, el Zorro se percató de que ambos extremos eran mortíferos.

Consiguió esquivarla, y la hoja se clavó en un poste. El soldado continuaba avanzando a toda velocidad. Cuando se acercaba, el Zorro se agachó y su perseguidor, incapaz de detenerse, se empaló en el mango puntiagudo del hacha.

De pronto el enmascarado captó un fugaz movimiento y dio media vuelta. La espada de Love erró por pocos centímetros.

El Zorro sonrió.

–Una pregunta, capitán Love.

–¿Cuál? –inquirió Love al tiempo que atacaba.

–¿Dónde quiere que se exhiban sus restos?

El militar lanzó un rugido de rabia y movió el acero, como si se tratara de un látigo.

Abajo, Elena observaba con horror a los cuatro hombres de su vida, trabados en una lucha a muerte.

Sus dos «padres», Diego y Montero, estaban enzarzados en un duelo denodado. Entretanto las tropas de Love que habían regresado y desmontado, avanzaban para reunirse con su capitán.

Love empujó al Zorro contra una viga y lanzó una estocada. La hoja erró, y mientras el Zorro rodaba por el suelo, su sombrero negro salió volando por los aires.

Se puso en pie justo a tiempo de parar un mandoble mortal. Sus espadas quedaron unidas un instante.

Con los músculos tensos como cables de acero, los dos hombres se miraron de hito en hito, hasta que el Zorro propinó un cabezazo a su rival, que cayó dando tumbos por la pendiente.

Love se estrelló contra la caseta del horno. El Zorro echó a correr tras él, pero cuando llegó al cobertizo el capitán ya había desaparecido.

Cuatro soldados disparaban sus armas al tiempo que se aproximaban al Zorro, que se refugió en el barracón y sacó su puñal, seguro de que Love estaba allí dentro.

Oculto tras una enorme caldera de vapor, el militar giró la rueda de una válvula.

Un crujido metálico alertó al Zorro, que al comprender que la caldera iba a estallar retrocedió.

Se produjo una explosión, y un sinfín de pedazos de metal al rojo vivo salieron disparados como balas de cañón mientras nubes de vapor ardiente derribaban la puerta y las paredes caían derruidas.

La onda expansiva barrió rápidamente a los soldados de la escalera. Fragmentos ardientes del cobertizo se precipitaron sobre el andamio, que se incendió de inmediato. Love corría hacia la salvación, a medio paso por delante del fuego.

El Zorro no tuvo tanta suerte. Rodeado de humo, atravesó a ciegas un muro de llamas. Cayó por el conducto de agua, rodó y ascendió a toda prisa por una rampa cercana. Por desgracia, un grupo de soldados bajaba por ella. El Zorro giró en redondo y vio que más hombres se acercaban a él.

Estaba atrapado.

Reparó en una caja grande que colgaba encima de sus cabezas y partió la gruesa cuerda con la espada.

El pesado recipiente se desplomó sobre los tablones sueltos, y dos soldados salieron catapultados por los aires. Como dos saltimbanquis, pasaron volando por encima del Zorro y aterrizaron en una vagoneta, a la que éste propinó una fuerte patada. El vehículo se precipitó hacia sus perseguidores, que saltaron del andamio para no morir aplastados. El Zorro giró en redondo y buscó al capitán Love con la mirada.

Diego y Montero seguían peleando, indiferentes a la explosión y las llamas. Sus espadas entrechocaban como colmillos de acero.

Diego consiguió arrebatarle el arma y apoyó la punta de la suya en la garganta de su enemigo. Todo había terminado. Montero estaba indefenso.

–Voy a matarte –anunció Diego con voz ronca.

–¡No!

Elena corrió junto a Montero.

–¡No, por favor!

Los ojos suplicantes de la muchacha disuadieron a Diego. No podía acabar con Montero en su presencia. Poco a poco apartó la espada del sudoroso cuello del hacendado.

Éste se apoderó de la pistola de Elena y la apoyó contra su cabeza.

La joven lanzó una exclamación de incredulidad. Diego quedó petrificado.

–Arroja la espada –ordenó Montero.

Diego obedeció sin vacilar.

Elena comprendió por fin.

–Idiota –añadió Montero con desdén–. Nunca le habría hecho daño.

–Nunca habría corrido ese riesgo –afirmó Diego con ternura, mirando a Elena.

De repente Elena adivinó quién era su verdadero padre.

En ese instante Montero apuntó a Diego y le disparó a quemarropa.

–¡No!

La muchacha apartó de un manotazo el brazo de Montero. No fue suficiente.

La bala se hundió en el cuerpo de Diego, que cayó al suelo.

17

Elena se precipitó hacia Montero, que la empujó con tal fuerza contra la barandilla que la muchacha quedó aturdida.

Diego, que sangraba por la herida, recogió su espada y se puso en pie con los ojos encendidos de furia.

Cuando Montero se apoderó de la suya, Diego atacó. Los dos hombres se revolvieron como ciervos provistos de cuernos de acero.

Las llamas descontroladas devoraban las estructuras de madera, y el espeso humo empezó a asfixiar a los prisioneros encerrados en las jaulas. El fuego se extendió a las cajas desechadas, a los montones de tablas, y comenzó a prender en la red de caballetes que se entrecruzaban en las minas.

El Zorro se encaminó hacia la rueda de paletas que hacía funcionar los montacargas en busca de Love. Éste estaba agazapado, con la esperanza de tenderle una emboscada. Cuando la bota del Zorro pisó la plataforma, el capitán saltó como impulsado por un resorte.

Su espada acuchilló el aire.

El Zorro no estaba allí.

Love parpadeó. Oyó un ruido seco a su espalda y, cuando se volvió, el Zorro le arrojó al suelo de un golpe. Se puso de nuevo en pie y masculló con furia:

–Juro por Dios que esta vez acabaré contigo.

El Zorro sonrió, y de inmediato su espada zumbó como un avispón mortífero.

–No creo que Dios te escuche.

A quince metros sobre ellos, Diego estaba en apuros. La herida de bala empezaba a mermarle las fuerzas. Incapaz de atacar, utilizaba su destreza para defenderse.

Elena abrió los ojos, miró alrededor y vio a Montero y Diego enfrentados en duelo. Después, bajó la vista y reparó en las jaulas, envueltas en espeso humo. Toda la red de caballetes ardía, y las llamas se acercaban a los esclavos encerrados.

Diego también lo advirtió.

–¡Vete, Elena! –exclamó mientras mantenía a Montero a raya–. ¡Sácalos de ahí!

Elena vaciló, todavía atolondrada. Por fin, se recuperó y bajó hacia las jaulas.

El Zorro atacaba con denuedo a Love, que se limitaba a repeler los mandobles mientras retrocedía lentamente.

La espada del Zorro trazó una M en la mejilla de Love, que se llevó la mano a la cara en un gesto instintivo. Cuando se miró la palma, vio la M de sangre.

–¡Murieta! –exclamó el Zorro.

Love entornó los ojos al comprender.

–Y el Zorro –añadió Alejandro, lanzando estocadas contra su enemigo–. ¡Dos hombres, una sola muerte!

Aunque parte del andamio ardía ya, los dos enemigos continuaron luchando, esquivando los tablones incendiados que caían.

Elena consiguió evitar que un pedazo de madera incandescente la derribara. Más allá, las llamas volvieron a encender la mecha principal.

De nuevo, el reguero de fuego empezó a serpentear hacia los barriles de pólvora. Si uno estallaba, toda la mina se derrumbaría.

El Zorro y Love seguían enzarzados en su duelo a muerte. Una muralla de llamas se alzó a sus espaldas. Delante no había nada, salvo los montacargas colgados en el vacío.

El Zorro hizo una finta y arrojó a Love al suelo.

El capitán miró alrededor con desesperación y vio la cuerda que sujetaba los tablones. Estaba al alcance de su mano.

Tras desviar la vista hacia su rival, cortó la soga con la espada. El tablón cedió, y el Zorro se precipitó al vacío y voló por los aires, como un águila negra; cuando aterrizó sobre un montacargas, la espada le resbaló de la mano.

Love saltó sin vacilar desde el andamio, se situó frente a él y atacó. Desarmado, el Zorro repelió el acero de Love con el grueso cable del montacargas. Sin embargo, la afilada hoja deshilachó la cuerda. Unos tajos más, y el ascensor se estrellaría contra las rocas.

Por encima de ellos, Montero había acorralado a Diego.

Su espada relampagueante describió un arco, y la de Diego salió volando de su mano. Desarmado y herido, el anciano retrocedió hacia uno de los carros cargados de oro.

Montero atacó y falló, pero su acero cortó los arneses del carromato, cuyos caballos, espoleados por las llamas y la violencia, se liberaron y escaparon al galope.

Diego trepó con dificultad al vehículo para escapar a las mortíferas acometidas de Montero.

Éste, consciente de que su rival no podía esconderse, se aprestó a matarle.

Debajo, Love se acercó a su enemigo indefenso –no podía saltar y tampoco huir– y con una sonrisa dirigió la espada a su corazón.

Con increíble velocidad, el Zorro le propinó una patada en la mano y le arrancó el arma. La cogió al vuelo y atacó.

Una expresión de sorpresa apareció en la cara del capitán al ver que una mancha roja se extendía sobre su uniforme.

Intentó mantenerse erguido agarrándose a las cuerdas, pero al final se desplomó sobre el montacargas, mientras la sangre manaba de la herida en el pecho.

En lo alto de la mina, Diego se desangraba en el carromato sin caballos. Clavó la vista en Montero cuando éste levantó la espada y, sin darle tiempo a que se la clavara, soltó el freno de mano. Cuando el carro rodó hacia atrás, los arneses cortados se enredaron alrededor de las piernas de Montero, que fue arrastrado hacia el borde del precipicio. En el último momento, Diego saltó del vehículo, que se ladeó antes de caer al abismo; los lingotes de oro se desparramaron por la pendiente mientras Montero se despeñaba.

El Zorro, que aún luchaba contra Love, alzó la vista y observó que el carromato caía por la ladera. Con la mano libre cogió el látigo que colgaba de su cinturón.

Cuando los pesados lingotes de oro golpearon el montacargas, el capitán vio que el carro se precipitaba hacia él.

El Zorro enrolló la fusta alrededor de una viga elevada y saltó en el instante en que el vehículo se estrellaba contra los montacargas, que, junto con Montero y Love, se desplomaron sobre las rocas.

Un lingote estuvo a punto de alcanzar a Elena cuando corría hacia las jaulas de los prisioneros. Se detuvo para apoderarse de dos pistolas de un par de guardias inconscientes. Cuando llegó a la primera jaula, voló la cerradura de un tiro sin vacilar y se acercó a la siguiente mientras los prisioneros escapaban.

El Zorro la vio, y también reparó en que la mecha principal había prendido ya en las otras cuatro, por donde una lengua de fuego avanzaba hacia los cuatro pozos de la mina.

El Zorro se dispuso a bajar para ayudar a Elena, que ya había volado la cerradura de la segunda jaula. Los prisioneros salieron en tropel.

Cuando el Zorro posó los pies en el suelo, las llamas de las mechas se encontraban a escasos metros de los barriles de pólvora. Elena caminó con paso cansino hasta la última jaula; como ya había disparado las dos únicas balas de las pistolas, empezó a golpear la cerradura con la culata.

Como materializado de la nada, un martillo se abatió sobre el cierre y lo destrozó.

Elena alzó la mirada un tanto aturdida y vio la máscara.

–Alejandro –musitó sin aliento.

El hombre abrió la puerta sin pronunciar palabra. Cuando los esclavos salían, las mechas alcanzaron los barriles.

La explosión sacudió la tierra como un puño gigante. Un estruendo ensordecedor surgió de los túneles cuando se derrumbaron. Una serie de estallidos estremecieron el aire.

Después una capa de espeso humo negro cubrió la mina como nieve sucia, y de repente se hizo el silencio.

El silencio se prolongó varios minutos, hasta que se oyeron unos pasos. Una forma fantasmal surgió del humo. Era Alejandro, que llevaba cogida de la mano a Elena y guiaba a los prisioneros hacia la seguridad del terreno más elevado.

Cuando llegaron a la cumbre, vio a Diego caído en el suelo. Corrió a su lado y observó que la herida de bala era mortal. Elena se arrodilló junto a su padre con una cantimplora de agua. Le acunó la cabeza y le acercó el recipiente a los labios. Diego bebió con ansia y a continuación miró a Alejandro.

–¿Ha terminado?

Alejandro asintió.

–Sí, Diego. Ha terminado.

–Pero no para el Zorro –le recordó el anciano–. Vendrán otros tiempos, otras luchas. Es tu maldición, y tu destino.

Alejandro le apretó la mano.

–Así será.

Diego sonrió, consciente de que el espíritu del Zorro viviría en Alejandro, y se volvió hacia su amada hija.

–Mi hermosa Elena –dijo con ternura–, cuando por fin te encuentro, vuelvo a perderte.

La joven sonrió mientras las lágrimas resbalaban por sus mejillas.

–Nunca me perderás..., padre.

Diego le acarició el rostro.

–Sólo deseaba oírte decir esa palabra. Tenías razón acerca de tu madre. Eres como ella. Sus ojos, su sonrisa, su coraje. Sé que esto le habría gustado.

Le cogió la mano y la puso sobre la de Alejandro. Los dos jóvenes se miraron. Poco a poco Diego dejó de moverse.

Elena rodeó con los brazos el cuerpo de su padre al tiempo que sollozaba. Alejandro contempló la escena con congoja.

El general Santa Anna llegó, preparado para la batalla.

Sus cuarenta guardias imperiales montaban caballos de guerra, y todos los elementos de su pertrecho, desde las sillas de montar hasta las espadas, centelleaban a la luz del sol.

Al frente del escuadrón, a lomos de un magnífico corcel blanco, cabalgaba Santa Anna, el general que había arrebatado California al rey de España.

Los soldados tomaron una curva cerrada y se detuvieron de repente. Un ejército harapiento de esqueletos andantes avanzaba hacia ellos desde los restos humeantes de la mina de oro.

Había cientos de ellos. Famélicos, heridos, exhaustos, caminaban tambaleándose como fantasmas, y muchos arrastraban todavía sus cadenas.

Dos figuras surgieron del centro de la turba. Alejandro y Elena. El hombre indicó a su compañera que se detuviera antes de salir al encuentro del general.

Cuando Alejandro se aproximó, dos guardias alzaron sus fusiles. El general avanzó y ordenó que bajaran las armas.

Después miró a Alejandro.

–¿Quién es usted?

Alejandro desvió la vista hacia la multitud y después la posó en Santa Anna.

–Somos su pueblo, presidente.

El general se volvió hacia su lugarteniente.

–Fíjese en ellos: encadenados. –Observó a Alejandro con el ceño fruncido–. Y la mina está destruida.

–¿Conocía la existencia de la mina?

Santa Anna le enseñó un plano.

–Me habló de ella el hombre que me entregó este plano.

Era el que Alejandro había robado a Montero.

El joven procuró aparentar inocencia.

–¿Dónde está Rafael Montero? –preguntó Santa Anna.

–Ha muerto.

–En ese caso, ha tenido suerte.

Alejandro se alegró de que Elena no pudiera oírle. Por otro lado, percibió la frustración, ira y suspicacia de Santa

Anna. Para ganarse su confianza, señaló las ruinas humeantes.

–El oro sigue allí, si quiere desenterrarlo. Al fin y al cabo –le recordó Alejandro con una sonrisa–, le pertenece.

Santa Anna pareció sentirse mucho mejor. Se volvió hacia su lugarteniente.

–Disponga una guardia alrededor de la zona. Mañana buscaremos entre los escombros.

De pronto reparó en algo. Un cuadrado de tela negra se había desprendido del cinturón de Alejandro y, empujado por el viento del desierto, se alzó en el aire como una pequeña cometa.

Un muchacho lo atrapó al vuelo y, entre risas, se lo puso sobre la cara. Era una máscara. La máscara del Zorro.

–Un momento –murmuró Santa Anna–. ¿Quién ha matado a Montero?

Alejandro vaciló antes de responder:

–El Zorro.

Algunas voces roncas lanzaron gritos de aprobación. Entonces los prisioneros liberados exclamaron:

–¡El Zorro! ¡El Zorro! ¡El Zorro!

Título de la edición original: *The Mask of Zorro*
Traducción del inglés:
Diseño: Eva Mutter
Ilustración de la cubierta por cortesía de
Zorro Produccions, Inc.

Círculo de Lectores, S.A. (Sociedad Unipersonal)
Travessera de Gràcia, 47-49, 08021 Barcelona
www.circulolectores.com
1 3 5 7 9 8 9 0 7 8 6 4 2

Licencia editorial para Círculo de Lectores
por cortesía de Ediciones B, S.A.

Depósito legal: B. 27066-1998
Fotocomposición: gama, s.l., Barcelona
Impresión y encuadernación: Printer industria gráfica, s.a.
N. II, Cuatro caminos s/n, 08620 Sant Vicenç dels Horts
Barcelona, 1998. Impreso en España
ISBN 84-226-7218-9
N.° 21378